W県警の悲劇

葉真中顕

徳間書店

目次

洞《うろ》の奥

The Tragedy of the "W" Prefectural police

突如《とつじょ》、閃《ひらめ》きは舞い降りた。

そうだ、あの洞《うろ》だ。

子どものころ、父が誕生日プレゼントを隠した、大きな杉の木。岩を抱くように生えているあの大岩杉《おおいわすぎ》の洞。

もし父の死が、事故でも、他殺でもなく、自殺なのだとしたら。あそこに何か——たとえば遺書のようなもの——を、残しているというのは、十分にあり得る。

1

熊倉清《くまくらせい》の父、熊倉哲《てつ》が、三屋岳《みつやだけ》の麓《ふもと》にある林で遺体となって発見されたのは、行楽シーズンも終わりを告げ、もうほとんど山に人が立ち入ることもなくなった十一月の二週目のことだった。

父さんはな、警察官であるより前に、一人の人間として、常に正しくありたいんだよ――。

ストレッチャーに横たえられ、すっかり変わり果てた父の姿を見たとき、清の脳裏には、そんな言葉が蘇《よみがえ》った。

あれは、いつだったか。そうだ、中学の卒業式の日のことだ。

清は、上手《うま》く公休を取ることができて式に参加してくれることになった父と、一緒に家を出て、学校へ向かった。清がものごころつくかどうかというころに、母は病気で他界してしまい、以来、清の家は父と二人だけの父子家庭だった。

父は街を歩くとき、常にコンビニ袋を携帯するようにしていた。歩いていて目についた煙草《たばこ》の吸い殻や空き缶といったゴミをいちいち拾うのだ。また、父は面識のあるなしに拘《かか》わらず、お年寄りや子どもとすれ違うときは「こんにちは」と声をかけていたし、住宅街の車など来ないことがわかりきっている交差点でも、信号が赤なら律儀《りちぎ》に足を止めた。

真面目、誠実、堅物――表現の仕方はいろいろあるが、娘の目から見ても父はいつも「正しい」人だった。

清は歩きながら、そんな父に「警察官だから？」と尋ねてみた。

父は問いの意味がわからぬ様子で「何がだ？」と訊《き》き返してきた。

「ゴミ拾ったり、お婆さんに声かけたり、車来なくても信号守ったり、そんなふうに『正しい』ことをするのって」

思春期に入り、斜に構えて世を見ることを覚え始めていた清は、「正しさ」の裏には大抵の場合、理由があることをもう知っていた。だから、こんな訊き方をした。

しかし父は苦笑しながらかぶりを振った。

「いや。それは関係ないな。父さんはやりたいようにしているだけだよ。父さんはな、警察官であるより前に、一人の人間として、常に正しくありたいんだよ」

清の耳に、父の言葉は鮮烈に響いた。

大の大人がこんなことを言い切ることに、軽い感動を覚えたと言ってもいい。

このとき清は、「私はこの人を尊敬しているんだ」と、はっきり自覚したのだった。

そして、その自覚は、将来、何者になるかまだわからず、希望とも不安ともつかない曖《あい》昧《まい》な気持ちを抱いていた清に、一つの指針を与えてくれた。

父の背中を追いかけようと思った。いつか父のような大人になりたいと思った。やがて清は、父と同じ警察官を目指すようになった。高校から剣道を始めたのも、そのためだった。

当の父からは「女にとってはつらいことも多い職場だぞ」と釘をさされたが、反対はされなかった。「そんなの覚悟してるよ」と言うと、「そうか」と頷《うなず》いた父が、嬉しそうに表情を緩《ゆる》めたのをよく憶《おぼ》えている。

同じ県警に職を得て、父が自分以外にも多くの人から尊敬されていることを清は知った。県警本部で組織犯罪対策課の課長補佐の立場にあり、暴力団員らにも一歩も引かず毅然《きぜん》と立ち向かう父の姿勢は、現場の捜査員から強く支持されていた。また、堅物と言えるほど真面目な勤務態度は、上層部から厚く信頼されているようだった。

誰もが父を〝警察官の鑑《かがみ》〟だと誉《ほ》め称《たた》え、清はいつも「あの熊倉警部の娘」と呼ばれた。清はそれを誇らしく思った。そして、いつか父のような警察官になりたいと思っていた。

「お父さん……」

ほとんど無意識のうちに、呼びかけていた。しかし父はもう応えてくれない。

「お父さん！」

今度は涙が一緒に出た。幼いころから我慢強い子だと言われた清だった。歌謡曲の歌詞ではないけれど、人前で泣いたことなどなかった。それなのに、堪《こら》えようもなく、涙があふれた。清は両手で顔を覆って、その場で声をあげて泣き崩れてしまった。

どうして、こんなことに……。

父が姿を消したのは、六日ほど前のことだった。

非番明けの朝、父は県警に出勤しなかった。自宅の電話、携帯電話、どちらもつながらず連絡がつかなかった。これまで無断欠勤はおろか、遅刻すらしたことのない父だったから、誰もが不審に思った。何かあったのかと心配した部下が自宅を訪ねてみたが、父はいなかったという。

この時点で清にも連絡が入り、父の行方《ゆくえ》を知らないか訊かれたが、知らないと答えるよりなかった。県警に採用されたときから、清は父の元を離れ、互いに独り暮らしをしている。

そして、父の行方がわからぬまま一週間近くが過ぎた今日、その知らせは来た。

所属する鳴見《なるみ》署管轄内の交番に勤務している清に、県警本部から連絡があった。

「熊倉清巡査、ですか。今朝、あなたのお父さん、熊倉哲警部が遺体で発見されました——」

その事実を告げる県警本部総務課職員の声には現実感がなく、ただ目の前を浮遊するようだった。

清は搬送先の警察病院へ向かうよう指示され、ストレッチャーに横たわる父と無言の再会を果たすことになった。

父が死んでいた三屋岳は、実家の近くにある標高千メートルほどの山だ。子どもやお年寄りでも登りやすいなだらかなハイキングコースから、急斜面を直登する中上級者向けのルートまで、何本もの登山道がある。

今日の未明、山菜を摘みに山に入った地元住民が、父の遺体を発見したのだという。

父は山歩きが趣味で、非番の日などよくこの山に登っていた。また、清も子どものころによく父に連れて行ってもらったことがある。

父は、登山ベストにトレッキングパンツという出で立ちで、うつぶせに倒れていたという。同じ体勢のまま数日放置されていたという父の遺体は、身体《からだ》の前面に血が溜まり死斑を定着させ、紫色に変色してしまっていた。

こんなふうになった父の姿は、冷静に見ていられない。

「せっちゃん、大丈夫？」

そう言って、ハンカチを差し出してくれたのは、谷口吉郎《たにぐちよしお》。組織犯罪対策課に所属する父の部下であり、清の恋人でもある刑事だった。病院に待機しており、付き添ってくれた。

父は自分の部下を自宅に招くことが多かったので、清が警察官になる前から、谷口とは面識があった。そのころから話がよく合い、清は兄のように谷口を慕《した》っていた。やがてそれは恋心に育ち、また、谷口の方も清のことを憎からず思っていたようで、清が警察官になった直後、向こうから交際を申し込んできた。父も谷口のことは買っていて「他の奴なら半殺しにするところだが、谷口なら一発だけ殴って許してやる」などと軽口を叩いて公認してくれた仲だった。

清は受け取ったハンカチで顔を覆い、ただただ涙を流した。

「外に出よう」

谷口は清の手を取り、促《うなが》した。清は逆らわず、横たわる父を残して安置室を出た。

清は安置室の並びにある、遺族用の休憩室に通された。六畳ほどの小さな部屋の真ん中に、ソファとローテーブルが置かれていた。

ソファに座った清が落ち着くのを待ってから、谷口はこの時点でわかっている父の死の状況について教えてくれた。

臨場した検視官によれば、最低でも死後五日以上。失踪した直後に死亡したようだ。父が倒れていた場所の真上、百メートルほどの位置に、登山道の崖がつき出ており、遺体の損傷具合と、地面に残された痕《あと》から、崖から転落したとみられている。ただし、転落して死んだのか、死んでから転落したのかは、今のところ不明。このあと遺体を司法解剖にかけ、詳しく調べるのだという。

「現場の捜査は一課が担当することになった」

捜査一課、言わずと知れた殺人などの凶悪犯罪を専門に捜査する部署だ。

「一課が出てきているってことは……、父は殺されたんですか」

清が尋ねると、谷口は難しい顔で首を振った。

「いや、俺が聞いている限りだと、事件か事故か、はっきりとわからないみたいだ。状況としては非番中に山歩きに来て、事故に遭ったようにも思えるけど……。俺たちは、どうしても、恨まれたり、狙われたりってことがあるから」

暴力団をはじめとする反社会的勢力と相対する組織犯罪対策課は、警察の中でも特に危ない目に遭うことの多い部署と言えるだろう。

「本当は俺も、捜査に加わりたいくらいなんだけど、今、別の事件があって」

谷口は悔しげに言った。

それは清も知っていた。ちょうど父がいなくなる前日、県西部の港で男の遺体が海に浮かんでいるのが発見された。調べを進めてゆくと、その遺体は、県内に拠点を置く暴力団『綺堂会《きどうかい》』の若頭《わかがしら》だということが判明した。暴力団がらみの殺人事件である可能性が高いということになり、数日前から谷口たち組織犯罪対策課の面々も、捜査本部に加わることになったのだ。本来だったら、父もこれに参加していたことだろう。

るとも言い難い。程度の差はあれ、みなお飾りになる。

この『円卓会議』こそが、県警における最高意思決定機関と言っても、過言ではないだろう。

菜穂子は、W県警史上初めて、警視にまで登りつめた女性警察官だ。が、『円卓会議』の正規メンバーではない。この卓に着けるのは本来、更に一つ上の警視正以上の階級からである。

今日は特別な事情があり、菜穂子はその末席に座らされていた。

「そもそも、熊倉警部が死んだのは例の件と関係があるのかね」

「ないわけないいんじゃないか」

「だよなあ……」

ここで言う例の件というのが、菜穂子がこの円卓にいる理由。菜穂子が先日遺体となって発見された熊倉警部に与えていた、極秘任務のことである。

組織犯罪対策課に〝鼠《ねずみ》〟がいる――、との報がもたらされたのは、今年の夏。県内の小さな所轄署で逮捕された元暴力団員の男が取り調べ中に口を滑らせた。

男によれば、指定暴力団の三次団体『綺堂会』で若頭の地位にある柏木《かしわぎ》という男が、組織犯罪対策課の刑事から、捜査情報を買っているのだという。ただし、男はその刑事が誰かまでは知らなかった。

事実であれば大問題だ。慎重に対処する必要がある。『円卓会議』は、その所轄には箝《かん》口令《こうれい》を敷き、ごく一部の捜査員だけで、内々に調査を進めることにした。

その統括を任されたのが、監察官の菜穂子だった。

菜穂子はまず裏を取るために、これまでの組織犯罪対策課の捜査記録を調べ上げた。すると、確かに『綺堂会』はこの数年、上手く一斉摘発などを免《まぬが》れていた。『綺堂会』はさほど規模が大きくない組織で、県内にはもっと大きく派手に暴れる組もあるため、注目されなかったのだろうが、長いスパンで記録を見直してみれば、不自然なほどに摘発をかわし続けている。

やはり組織犯罪対策課に〝鼠〟がいて、柏木という若頭に捜査情報を渡しているのは間違いないようだ。

それが誰か確かめるため、菜穂子は組織犯罪対策課の中に、協力者をつくることにした。それが課長補佐を務める熊倉哲警部だった。

菜穂子は、熊倉警部に事情を説明し、課内にいると思われる〝鼠〟が誰かを探る極秘任務を与えた。堅物と言っていいほどの正義漢で、〝警察官の鑑〟の異名をとる熊倉警部なら、彼自身が〝鼠〟であることなどないだろうと信頼しての人選だった。

が、それからおよそ二ヶ月が経過した今月、まず柏木の遺体が県西部にある港湾に浮かび、その直後、熊倉警部までも遺体で発見された。

「やはり、柏木も熊倉くんも〝鼠〟にやられたのかね」

「まだそう言いきれるだけの証拠は出ていないよ。熊倉さんは事故かもしれない」

「いやいや、そんなわけないよ。殺しだよ、〝鼠〟の仕業に違いない」

「まあ、そう考えるのが、一番しっくりくるんだよなあ」

遺体発見まで時間がかかってしまったため、熊倉警部が殺されたのか、事故死したのかは、司法解剖にかけても判然とはしなかった。未《いま》だ熊倉警部の死の真相は藪《やぶ》の中だ。

しかし、彼が菜穂子から極秘任務を受けていたことを知る『円卓会議』の面々は、偶然、柏木と熊倉警部が連続して死んだなどとは、考えていない。

熊倉警部が情報漏洩を調べていることを悟った〝鼠〟は、身の危険を覚え、証拠隠滅のためにまず柏木を殺害、続けて熊倉警部のことも殺害したのではないか。そんな筋読みが『円卓会議』にはあった。

「熊倉さんが身内にやられたなんていうなら、捨て置くわけにはいかない。もう潮時だ。事実を明かすべきだ」

怒気を孕《はら》んだ声でそう主張するのは、刑事部長の三國《みくに》だ。熊倉警部は彼が最も信頼する部下でもあった。

今のところ、捜査情報漏洩の件は、ごく一部の捜査員を除いて伏せられている。だから、柏木の死と熊倉警部の死をつなげた捜査は行われていない。しかしそれは、〝鼠〟が何食わぬ顔をして自分が犯した殺人の捜査に加わっているかもしれない、ということでもある。

「でも三國さん、こんなこと公表したら、大変なことになるよ。下手《へた》すると私らの首も危ない。なんとか事故ってことで片づけられないかね」

『円卓会議』にとって一番ありがたいのは、熊倉警部の死が、事件でなく事故として処理できる展開だ。その上で捜査情報漏洩の件も含めて、すべてが隠蔽《いんぺい》できれば言うことはない。しかし、〝鼠〟が誰かわからないのでは、そういうわけにはいかない。

「無理だ。もう腹くくって、大っぴらに〝鼠〟を捜すしかないだろう」

三國はぴしゃりと言い放った。

「あの……」

菜穂子はおずおずと声をあげた。全員の視線がこちらに向く。

「今週いっぱい、時間を頂けないでしょうか。それまで、私に熊倉警部の死の真相と、〝鼠〟の正体を探らせてはもらえないでしょうか」

「それはつまり、きみが自らの手で責任を取りたいということですか?」

直属の上司でもある橋爪が、有無を言わさぬ調子で尋ねる。

無論、本音では責任など取りたくない。そもそも、真相がわからないのだから、菜穂子が与えた任務のせいで熊倉警部が死んだとも言い切れない。しかし、頷いた。

「はい」

ここで「私に責任はない」と訴えたところで、立場が悪くなるだけだ。ならば、賭けに出た方がいい。真相を明かし〝鼠〟を突きとめることができれば、大きな得点になる。警視正への昇進が現実味を帯びてくる。

菜穂子が警視に昇進したとき、「県警始まって以来の快挙」だと、ずいぶんともてはやされた。しかし、こんなの通過点に過ぎない。

私はもっと上に行く——。

未だかつて、この『円卓会議』の正規メンバーになった女性はいない。ならば、その第一号になってみせる。

そこに功名心や出世欲がないとは言わないが、それだけではない。道をつくるのだ。自分のあとに続く、幾人もの女性警察官のために。

しかるべき地位に立ち、男尊女卑的なこのW県警を改革する。それこそが自分の使命だと、菜穂子は確信していた。

そのための、賭けだ。

「わかった。今週いっぱいだな。それで何も出てこなければ、週明けには刑事部の連中にはすべて話す」

三國の野太い声が念を押した。

タイムリミットは僅《わず》かに数日。やれるだけのことをやるしかない。

勝算とは言えないまでも、菜穂子にはアテが一つだけあった。

熊倉警部が姿を消した日、非番だった組織犯罪対策課の刑事の中に一人、その日どこにいたのかはっきりとわからない——つまり、アリバイのない——者がいるのだ。

谷口吉郎。熊倉警部の部下であるだけでなく、その娘と交際しているという刑事だ。

3

谷口が言ったとおり、警察病院で父の遺体を確認した翌日、清は県警本部に呼ばれ、捜査一課の捜査員から父のことをいろいろと訊かれた。

聴取を担当したのは、清とも面識のある刑事だった。

「部署は違うけど、きみのお父さん、熊倉警部は、俺にとって目標の先輩だった。とても素晴らしい警察官だった。こんなことになって本当に残念だ」

開口一番、彼はそんなことを言った。

ああやっぱり、父はみんなに私淑《ししゅく》されていたんだなと、清は妙な感慨を覚えた。

「熊倉警部の最近の様子で、何か気づいたことはないか？」といったようなことを、表現を変えて何パターンか訊かれたが、清としては、「すみません、わかりません」と答えるよりなかった。実家を出てからは、直接顔を合わせることはめっきり減り、父の近況は谷口から聞かされるか、メールで知ることの方が多かった。

逆に清の方からも「父は事故に遭ったのでしょうか？」と、捜査状況を探る質問をしてみたが、向こうの答えも「正直、わからない」とのことだった。

特に情報を隠す様子はなく、刑事は現時点でわかっていることを教えてくれた。

現場からは、はっきりと他殺を示すような証拠は見つかっていないという。司法解剖によれば、父の遺体には、後頭部に強い衝撃を受けた痕跡が見られ、これが致命傷になった可能性が高いとのことだった。しかし、遺体発見まで日数が経《た》っていたため、体組織はかなり損傷しており、その痕跡が崖から転落したときにできたものなのか、あるいは、転落前に誰かに殴られるなどしてできたものなのか、判別がつかないという。また、仮にそれが転落時のものだったとしても、登山道から足を踏み外すなどしたのか、誰かに突き落とされたのかも、やはりわからないという。

つまり、遺体の状況からは、事件なのか事故なのか判断できないということだ。

「かつて熊倉警部に逮捕されたりして、恨みをもっていそうな連中も洗っているけど、今のところ怪しい奴は出てきていない。このまま何も出なければ、事故ということになるのかもしれないが……」

刑事はため息をついた。

三屋岳は家からも近く、父はかなり登り馴《な》れている山だ。そこで事故に遭ったというのは、釈然としないのだろう。

その日の夜、清は谷口と会い、約束どおり一課の刑事から聞いた話をそのまま伝えた。

「──一課でも、まだ事件か事故か、判断がついてない感じなんだね？」

「はい。今のところ、父が誰かに殺されたっていう証拠は見つかってないみたいです」

「そうか……。俺の方でも過去に熊倉さんが関わった事件の資料を調べたりとか、個人的にいろいろ当たってるんだけど、やっぱり事件だって断定できるようなものは何も見つかってないんだ」

「……事故、だったんでしょうか？」

「どうだろう。その可能性は低くないとは思う。でも……」

谷口は眉根を寄せて、どこか居心地が悪そうに頭を掻《か》きむしった。

清には、その様子は、焦っているようにも見えた。

谷口が父の死の真相を探るのに真剣になるのはわかる。しかし、焦る理由はよくわからない。

どうしたんだろう？

釈然としないまま、やりとりするうちに、ふと思いつき、尋ねてみた。

「そう言えば、父がいなくなった日って、谷口さんも非番でしたよね？　あの日って、どうしてたんですか？」

「ん？　ああ、特に何も予定がなかったから、街に行って買い物したりしてたんだ」

そっけなく答えた谷口だったが、目が泳ぐのを、清は見逃さなかった。

谷口さん、何かを隠している？

この場ではそれ以上追及しなかったが、清は確信した。

おそらく、谷口は父が姿を消した日の行動について、何か隠し事があるのだ。

その数日後、清は再び県警本部に呼ばれた。今度、清を呼んだのは捜査一課ではなく、警務部の監察官だった。

警務部は警察官の人事と考課を担う部署だ。その中でも監察官は警察官の不祥事に目を光らせる、言わば「警察の警察」とも言うべき存在だ。

現職の警察官が殺されるというのは、どうであれ不祥事には違いない。父が殺された可能性がある以上、捜査一課とは別に警務部も動いているのだろう。

清を呼び出した監察官は、松永菜穂子警視。顔を合わせるのはこれが二度目だ。

一昨年、警察学校で会っている。W県警初の女性警視として知られている松永警視は、毎年、特別講師として招かれ、女生徒だけのミーティングを行っているのだ。

その席で彼女は、今後W県警でも女性警察官の地位を向上させてゆくことが重要だと力説していた。

いつか父が「女にとってはつらいことも多い職場」と言っていたように、W県警には、未だ旧態依然とした女性軽視の空気が残っている。そんな環境にあって、過去に例を見ない出世を続けるには、きっと多くの清濁《せいだく》を飲み込んでいることだろう。

清にとっては尊敬すべき〝警察官の鑑〟が父だとすれば、目標とすべき〝女性警察官の鑑〟はこの松永菜穂子だと、密《ひそ》かに思っていた。

「さあ、こちらへかけて」

監察官室へ通された清は、執務机の前に置かれたパイプ椅子《いす》にかけるように指示された。素直に従い、松永菜穂子と相対する。

向かい合ってしばらく、松永菜穂子はひと言も口をきかず、じっとこちらを見つめていた。

4

なるほど、やっぱり親子ね――。

正面から見ると、顔立ちには父親の面影がある。眉の形や、奥二重の細い目なんかそっくりだ。ただ、他の部分は母親に似たのだろう、父親が典型的な強面《こわもて》の刑事顔をしていたのに対して、この娘の方は美人と言って差し支えない。

「あ、あの……。私の顔に何か」

監察官室で向かい合い、何も言わずにじっとその顔を観察していたところ、一分ほどで熊倉清は、怪訝《けげん》な声をあげた。

「失礼。やっぱり、お父様に似ていると思って」

菜穂子が言うと、熊倉清は「え、あ、はい」とやや面食らったように相づちを打った。

菜穂子が調べを進めたところによると、どうも例の谷口という刑事はシロらしいということがわかってきた。

そもそも、谷口が〝鼠〟だとする根拠があるわけではない。彼に目をつけた理由はただ一つ、熊倉警部が姿を消した当日のアリバイがないということだ。

が、親しい同僚の刑事に当てたところ、何のことはない、女と会っていたことがあっさりと判明した。

女と言っても谷口が会っていたのは、恋人の熊倉清ではなく、高校時代の同級生だった。少し前に同窓会で再会し、それ以来、深い仲になっているという。つまり、谷口は浮気をしていたのだ。

大恩ある直属の上司の娘と付き合っておきながら、これはまずい。しかもその上司は、その日に死んでしまっているのだ。さぞ寝覚めが悪いことだろう。

谷口はこのことをひた隠しにしていたが、その同僚にだけ、ぽろっと言ってしまったらしい。実際に女の方にも当たって裏は取れている。

「警察の警察」たる監察官も、民事不介入の原則は変わらない。熊倉清には気の毒だが、恋人の浮気をばらすようなことはしない。重要なのは、谷口が熊倉警部の死に関わっていないということだ。従って、彼が〝鼠〟である可能性もほぼ消えた。

現職の刑事に手錠をかけずに済んだのは目出度《めでた》いが、ことは振り出しに戻ってしまった。

誰が、情報を漏らしていたのか。そして、なぜ熊倉警部は死んだのか。

考えるうちに、菜穂子は一つの仮説に行き当たった。

これを当てはめると、状況のすべてに説明がつく。証拠と呼べるものはまだ何も手にしていない机上の空論だが、菜穂子にはこの仮説が限りなく真相に近いだろうという自信はあった。

熊倉警部の唯一の肉親である熊倉清には、いずれにせよ話を訊くつもりではいたが、自身の仮説の裏付けにつながる何かが摑《つか》めれば、という思いもあった。

「――はい。私にとっても、尊敬できる父でした。こんなことになってしまって、本当に残念です」

熊倉清は、嚙《か》みしめるように言った。

熊倉警部は、多くの警察官の尊敬を集めていたが、実の娘もまた例外ではなかったらしい。

「この一年ほどで、熊倉警部から何か特別な連絡はなかった？」

「特には……。まあ、連休が取れたときに、実家に帰ったりはしましたが」

「そのときの熊倉警部の様子は？」

「はい。あの、別段、変わったところはなかったと思います」

「では、そういったときに、熊倉警部が自分の仕事の話をすることはなかった？」

「自分のって、父のですか」

「そう」

「それはありませんでした。向こうがこっちのことを『最近どうなんだ』って訊いてくることはありましたけど」

「なるほど……」

当然と言えば当然だが、熊倉警部は、例の極秘任務のことを家族に話したりはしていなかったようだ。

「わかっていると思うけれど、今、県警本部では、熊倉警部の死が、事故だったのか、それとも事件だったのか、捜査を進めているの」

菜穂子なりの配慮で「殺された」という言葉は使わなかった。熊倉清は神妙な顔で頷いた。

「でもね、実は私は、事故でも事件でもない、もう一つの可能性があると思っているの」

熊倉清は「え」と声を漏らし、少し目を見開いたようだった。

「それは——」菜穂子は一度言葉を切り、まっすぐに熊倉清の顔を見ながら言った。「——自殺よ」

熊倉清はもう一度、今度はやや大きく「えっ?」と声をあげた。

「私は、あなたのお父さんが自殺した可能性も十分あると思っているの」

これが菜穂子の仮説だ。熊倉警部を殺したのは、他ならぬ熊倉警部本人だったのではないか。

「そんなことありません! 父は自殺なんて、絶対にしません」

熊倉清は強い調子で否定した。

「この世に絶対はないわ」

菜穂子は声のトーンを落として言った。

「でも……」

熊倉清は、どうしても父親が自殺したとは思えない様子だった。

「つまり、娘のあなたから見て、熊倉警部は自殺するような人とは思えなかったし、その動機の心当たりもない、ということ」

「そうです」

熊倉清は言い切った。

熊倉警部が自殺したのだとしたら、唯一の肉親である娘には、何かシグナルを発していてもおかしくないと思ったのだが、アテは外れたのだろうか。

菜穂子は質問を変えてみた。

「……では、どんなことでも構わないから、熊倉警部が亡くなっていた山、三屋岳について、思い当たるようなことはない？」

「三屋岳、ですか」

熊倉清は少し考えたあと、

「そう言えば……」

と何か言いかけて、途中で言葉を切った。

「そう言えば、何？」

「あ、いえ、ちょっと思い出したことがあるんですが、ずっと昔のことなんで、たぶん関係ないです」

菜穂子は首を振った。

「関係なくてもいいわ。どんなことでもいいので、話して欲しいの」

5

「関係なくてもいいわ。どんなことでもいいので、話して欲しいの」

松永菜穂子は、有無を言わさぬ様子で促してきた。

今、話しかけたのは、幼いころの思い出話だ。別にもったいぶるようなことでもない。

「はあ、じゃあ……」

清は記憶を確かめながら話を始めた。

「三屋岳は、比較的自宅から近いのと、子どもでも登りやすいハイキングコースがあるので、昔、よく父が連れて行ってくれたんです――」

ハイキングコースは、父が死んでいたところとは反対、山の東側の斜面にある。

あれは、清が十二歳の誕生日を迎えたすぐあとの日曜日のことだった。父は「誕生日プレゼントだ」と言って、清をハイキングに連れて行った。清としては、誕生日プレゼントは、他のもの――具体的にはゲームソフトだ――が欲しくて、内心、少しがっかりしていた。でも、せっかく忙しい父が誘ってくれるのだし、ハイキングだって好きか嫌いかで言えば好きなので、「ありがとう」と喜んでいる振りをした。

今から思えば、清の本音は父にも伝わっていたのだろう。

その日、父は「今日は特別だから、秘密の場所を教えてやる」と言って、いつものハイキングコースから少し外れたところにある、沢に向かった。そのほとりには、岩を抱き込むように生える大きな杉の木があった。これは大岩杉と名付けられるほど有名で、麓の案内板にも行き方が出ている。秘密でもなんでもない。

父はその大岩杉の前に立つと、悪戯《いたずら》っぽい笑みを浮かべて言った。

「岩に足を掛けて木の裏側を覗《のぞ》いてごらん」

清が言われたようにすると、ただ近づいて眺めただけではわからない、陰になっている部分に、ぽっかりと、切り取ったような昏《くら》い闇が張り付いていた。

「――洞があったんです」

「ウロ？」

松永菜穂子は訊き返してきた。

「えっと、あの、木の幹に空く穴の」

「ああ、洞。木の洞ね」

「はい、このくらいの」

清は両手を使って目の前に人の顔より一回り小さいくらいの丸をつくった。

その洞は父が偶然見つけたらしく、たぶん他の誰も存在を知らないだろうということだった。

「その中を探ってみな」と父に言われ、清はおっかなびっくり手を入れてみた。すると、固い紙のような何かが手に触れた。もしやと思ってそれを摑み、取り出してみると、ラッピングされた小さな箱だった。中身は、清が欲しかったゲームソフトだった。

「なるほど、それが本当の誕生日プレゼントだったのね。熊倉警部に、そんな一面があったの。いいお父さんね、羨ましいわ」

松永菜穂子は、どこか感心したように薄い笑みを浮かべた。

「はい。そうなんです……」

一方の清は、話をしている途中から、表情が固まっていた。

「どうかした？」

「い、いいえ、何でもありません」

清はかぶりを振った。

松永菜穂子はじっと清のことを値踏みするかのごとく見つめる。

清は誤魔化すように、言葉を継いだ。

「あ、えっと、まあそういう思い出が三屋岳にはあるんですけど……、やっぱり今回のことは関係ないですよね」

松永菜穂子は、少し何か考えるように沈黙したあと、かすかに苦笑するように「そうね」と頷いた。

6

――よかった。

菜穂子は安堵し、胸をなで下ろした。

熊倉清から、父親の思い出話を聞いたとき、ポーカーフェイスを装っていたが、内心では「それだ！」と声をあげていた。

熊倉清自身も話をしながら、何か閃いたような様子をみせた。

彼女が幼いころ、熊倉警部が誕生日プレゼントを隠したという、大岩杉の洞。

もし仮に、熊倉警部が自殺したのだとしたら、そこに娘に宛てた遺書のようなものを残している可能性があるのではないか。

熊倉清も同じことを思いついたのかもしれない。もっとも、彼女は父親が自殺したことを確信しているわけでもないだろう。だが、菜穂子は、その可能性はかなり高いと踏んでいる。

たとえ万が一でも熊倉警部の遺書が存在するなら、何としてもこちらで回収しなければならない。

幸い、熊倉清はその日は夜までの勤務で、三日先まで非番がなかった。もしも彼女が確認しに行くとしても、三日後だろう。

菜穂子は、熊倉清を帰したあと、すぐさま三屋岳へ向かった。

日が暮れかけていたが、熊倉清が話していたとおり、麓の案内板にも行き方が出ていて、問題なく大岩杉のある沢までたどり着くことができた。

沢のほとりに、巨大な杉の木が子どもの背丈ほどもある岩を抱くように生えていた。確かに近くに寄っただけでは、その幹に洞なんてあるようには見えなかった。

菜穂子は岩の段になっている部分に足をかけ、木の裏側を覗き込むようにしてみた。すると、陰になっている部分に、昏い穴がぽっかりと空いているのが見えた。

なるほど、秘密の隠し場所としてはうってつけだ。

誕生日を祝うため、娘をハイキングに誘い、遊び心のあるサプライズでプレゼントを渡す――、熊倉清にとって熊倉警部は、よい父親でもあったのだろう。

熊倉清に「羨ましい」と言ったのは、本心だった。菜穂子には親との温かい思い出など一つもない。家庭に無関心だった父は菜穂子の誕生日を祝ってくれたことなどなかった。一方、家庭に縛り付けられた母は心を病んでしまった。今の基準で言えば虐待と呼べるような暴力を受けて菜穂子は育った。

たとえひとり親であっても、尊敬できる親を持てたことは、やはり羨ましく思ってしまう。

菜穂子はペンライトで洞の奥を照らした。

果たして、それはあった。

緑色のビニール袋に包まれた何かが、鎮座していた。

菜穂子は奇妙な興奮を覚えつつ、それを取り出した。

ビニール袋の中には、『清へ』と宛名がしたためられた茶封筒が収められていた。

封筒を開けると、中には、ワープロ打ちした活字が並んだA４用紙が四枚。案の定と言うべきか、それは遺書であり、熊倉警部による罪の告白だった。

思ったとおりだった。〝鼠〟は、他ならぬ熊倉警部だったのだ。

清へ。

おまえならきっと、この場所に気づいてくれると信じて、私の秘密をここに書き記しておく――。

そんな書き出しで始まる四枚の手紙に、熊倉警部が柏木に情報を売り渡していたことが綴《つづ》られていた。

きっかけは、ギャンブルだったらしい。五年ほど前、熊倉警部は、仕事の息抜きと思って競馬の予想をしてみたことをきっかけに、ギャンブルの面白さに嵌《は》まってしまい、競輪、ボート、オートレース、パチンコと、いろいろ手を出し、やがて裏カジノへも通うようになったのだという。警務部でも把握していなかった事実だから、上手く隠していたのだろう。

そして裏カジノでちょっとした額の借金をつくってしまい、そこで知り合った柏木に捜査情報を売るようになったという。

――当然、それが許されないことだというのはわかっていた。今にしてみれば、せめて借金ができてしまった時点で、誰かに相談できていればと思う。しかし、ここそこ裏カジノへ通い借金を拵《こしら》えていたなどということが明るみに出れば、それまで作り上げてきた私の信頼は崩れ去ってしまうだろう。それが怖くて、誰にも言えなかった。そして罪の上に罪を重ねてしまった。本当に愚かだと思う――。

そんなふうに、熊倉警部は悔いていた。

〝警察官の鑑〟などと言われていた自身のイメージに縛られてしまっていたのか。

こうして捜査情報を売り渡し続けている中、熊倉警部は、よりによって情報漏洩を調べる役目を仰せつかった。

菜穂子がこの人だけは〝鼠〟ではないだろうと信頼した人物が〝鼠〟だったのだ。我ながら間抜けにもほどがある。もっとも『円卓会議』でも、熊倉警部を疑う声などまったく出なかったのだから、県警全体が見事に騙《だま》されていたわけだ。

もしも熊倉警部が根っからの悪人なら、菜穂子をあざ笑い悪事を続けていたことだろう。けれど、そうはならなかった。彼はやはり根は真っ直ぐな正義漢だったのだ。

熊倉警部は、菜穂子が自分のことを信じきって、極秘任務を依頼してきたことに耐えがたいほどの罪悪感を覚えたようだった。

そしてある日、熊倉警部は意を決し、人気《ひとけ》のない港に柏木を呼び出し、情報提供をやめると告げた。その後、すべてを菜穂子に打ち明けるつもりだったようだ。

しかし、このとき、柏木と口論から揉み合いになり、勢い余って殺してしまった。動転した熊倉警部は、柏木の死体を海に棄て、そこから逃げてしまった。結果的に、また一つ罪を重ねてしまったわけだ。

——正直、私は、もうどうしていいのかわからない。責任の取りようもないと思う。自らの命で贖《あがな》うと言えば聞こえがいいかもしれないが、要は逃げるのだ。清、きっときみはこんな私に幻滅するだろう。すまない。私は所詮《しょせん》、その程度の男だったのだ——。

警部の筆致は痛々しい。

もしも熊倉清がこれを読んだら、どう思うだろうか。やはり幻滅してしまうだろうか。しかしそのもしもは、たぶん起こらない。彼女より先に、菜穂子が遺書を回収したのだから。

ともあれ、これで真相ははっきりとした。

『円卓会議』が招集されたのは、その翌日の夜だった。

「しかし、あの熊倉くんが、まさかなあ……」

「彼も人の子だったということだろう」

「図らずも〝鼠〟は駆除されたわけだ」

「で、どうするの？　これ」

「こんなもの表に出せるわけない」

「そうだな。出したところで誰も得しないだろう。娘は父親を尊敬してるんだろ？　だったら、こんな遺書は読みたくないだろう」

「そうそう、むしろね、なかったことにするのが優しさですよ。今このタイミングなら、それもできるでしょう」

県警幹部たちは自分たちに都合のいい理屈を口にする。

「じゃあ事故死ってことで片をつけますか」

橋爪監察官室長が一同を見回して言った。

「そうするしかあるまい」

「柏木殺しは迷宮《おみやい》入りすることになるが、『警官が犯人でした』よりは万倍マシだ」

みな、同意する。

「三國さん、それでいいよな？」

ずっと苦虫を嚙みつぶしたような顔をしていた三國刑事部長は、息をついた。

「ふん、仕方ないな」

三國にしても別に進んで不祥事を表に出したいわけじゃない。捕らえるべき〝鼠〟がいないなら、隠蔽もやぶさかじゃないのだろう。

橋爪は薄く笑みを浮かべ、菜穂子に言った。

「松永くん、あなた、命拾いしましたねえ。いや、まあ、それはここにいる全員に言えることでしょうけど」

菜穂子は、内心あきれかえりつつも、頷いた。

遺書を見つけたときから、こうなることはわかっていた。

もしこの真相が表に出たら、県警幹部は全員が、何らかの責任を取らされるところだっただろう。しかし、こうして、先んじて全体像を把握できたなら、隠蔽が可能だ。

この『円卓会議』では、真実とは暴くものではなく、コントロールするものなのだ。

こんな隠蔽体質が、まかり通っていいわけがない。

熊倉清に父親を尊敬したままでいさせてやりたい、という気持ちは菜穂子にもある。が、それとこれとは話が別だ。

しかし『円卓会議』の正式メンバーではない菜穂子には、意見する資格すらない。

今はまだ、濁《にご》った水でも飲み干す段階だ。今回のことは大きな実績になる。

遠くない将来、この卓に座ってみせる。そしてこの腐った県警を私が改革するんだ――。

菜穂子は改めて誓った。

7

——よかった。

清は安堵し、胸をなで下ろした。

松永菜穂子の聴取を受けてから三日後。非番の日に、清は三屋岳へと向かった。

大岩杉は、かつてと同じ姿で沢のほとりに鎮座していた。清は十二歳のときと同じように、岩に足をかけて裏側を覗き込んだ。

その洞も、あのころと同じ形と大きさ、昏さでそこにあった。

清は穴の奥に手を入れて、中を探ってみる。しかしかつてのように、手に何かが触る感触はなかった。

そこには何もなく、虚《うつ》ろの空間に、ただ暗闇だけが漂っていた。

つまり、清が描いた絵図のとおり、松永菜穂子が、あの遺書を持ち去ったのだ。清が偽装した、父の遺書を。

きっかけは、ちょっとした悪戯心だった。

あるとき、署でサイバー犯罪についての講習会が行われた。講師を務めた民間のネットセキュリティ会社の人間が、未だにメールなどのパスワードに、家族の名前や誕生日など類推しやすいものを使っている人が多い、といった話をしていた。

現在、主流のメールサービスは、ほとんどがIDとメールアドレスは同一だ。つまり、アドレスを知っている人がパスワードを類推できれば、その人のメールを見ることができてしまう。

これを聞いて、清は父のことを思い浮かべた。父は丸っきりの機械音痴ではないが、ITに明るい方でもない。プライベートで使っているメールのパスワードは、覚えやすいものにしているんじゃないだろうか。

そう思った清は、父がプライベートで使っているWEBメールのパスワードに、思いつく英語と数字の組み合わせをいくつか入力してみた。

すると、三番目に試してみた「ｓｅｉ０６１５」という清の名前と誕生日をつなげただけのパスワードで、通ってしまったのだ。

これが厳密には不正アクセス禁止法に違反する行為だということはわかっていた。しかし、家族の気安さに、優秀な警察官として通っている父がこんな基本的な不注意をしていたことが可愛らしく思えたことと、自分の名前がパスワードに使われていたことがどこか嬉しかったことが入り交じり、悪戯心が刺激され「お父さん、こんなパスワードじゃ危ないよ」とメッセージを残そうと思った。

だから別に、積極的に父のメールを見るつもりはなかったのだ。しかし、メールフォルダを開けたところ〈金の受け渡しについて〉〈次もよろしく〉などという不穏な表題のメールが並んでいた。そして父が柏木という暴力団員と通じていることを知ってしまった。

遺書には、ギャンブルで借金をつくったことをきっかけに、柏木に取り込まれたという趣旨のことを書いたが、それは真実ではない。不正を持ちかけたのは、柏木でなく父の方だった。裏カジノへ出入りしていたのは事実だが、父は他にも偽名を使って柏木が経営する未成年者専門の愛人クラブ（無論、違法だ）に登録したりもしていたようだ。まったく気づかなかったが、父は小児性愛者で、しかも自分の欲望を抑える気はないようだった。メールでは小学生の処女をいくらで買うかなどと、文字を追うだけで目が腐るようなやりとりを柏木と繰り返していた。

そして、父はそんな自身の行動に罪悪感など欠片《かけら》も覚えることのない様子で、松永菜穂子から情報漏洩を調べる極秘任務を受けたことも柏木に知らせ、泥棒に泥棒を捜させる監察官の間抜けさを一緒にあざ笑っていた。

清に「一人の人間として、常に正しくありたい」と語った父は、その実、邪悪としか言いようがないことをしていた。清だけでなく、県警の人間も見事に騙し続けていた。いつからかはわからない。最初からこうだったのか、途中で道を踏み外したのか。どちらにせよ、本当の父は、清が思っていたような尊敬に値する人間ではなかった。〝警察官の鑑〟などではなかった。メールのやりとりから垣間見える父の人格は、控え目に言っても、警察官の、いや、人間のクズだ。

清は、これはもう駄目だと思った。父に秘密を知ってしまったことを打ち明けて、説得しようなどとすら思わなかった。そんなことをしたところで、尊敬すべき父はもう戻ってこない。

それに、父と柏木は楽観していたが、彼らが渡っているのはかなり危ない橋だ。県警上層部は、捜査情報が漏れていること自体は、すでに摑んでいるのだ。

いつかばれる日が来る、父の本性が表沙汰になる日が来る――、そう思うと、背筋が凍った。

悪戯心など起こさなければよかった。こんな真実は知りたくなかった。しかし、覆水盆《ふくすいぼん》に返らずだ。もう知ってしまった。

ならばせめて、なかったことにしよう。

清以外の誰かにばれるより前に、全部なかったことにする。それが何より父のためだと思った。

まず、父のふりをしてメールを打ち、柏木を港に呼び出して殺して海に棄てた。剣道の有段者である清が特殊警棒で背後から襲えば、殺害するのは簡単だった。

その次は父だった。柏木を殺したときに携帯電話を奪い、それで父にメールを打った。どうしても、人気のないところで話がしたいと言うと、父が三屋岳を指定してきた。待ち合わせの場所に先着し、木陰に身を隠した。そして、やはり背後から特殊警棒で襲った。不意をつき、身体に余計な傷を残さないように、後頭部だけを狙った。三発で父は気を失った。振り向く間も与えなかったので、娘に襲われたことさえ気づかなかったろう。

あのときの父が完全に絶命していたかはよくわからないが、身体を引きずってゆき、崖から落とした。あの高さから落ちれば、どのみち助からない。

実はこの時点では、そんなに先のことまで考えていたわけではなかった。

ただ、父の遺体が発見されるまで思ったよりも時間がかかり、事件か事故かさえわからないと聞いたとき、いっそのこと県警ぐるみで、すべてを隠蔽してもらうことを思いついた。

恋人の谷口の様子がおかしいことも気になったが、差しあたり、その追及は後回しにして、偽装工作を考えた。

そうするうちに、突如、閃きは舞い降りた。

そうだ、あの洞だ、と。

現場が三屋岳ならちょうどいい。

子どものころ、父が誕生日プレゼントを隠した、大きな杉の木。岩を抱くように生えているあの大岩杉の洞。

もし父の死が、事故でも、他殺でもなく、自殺なのだとしたら。あそこに何か――たとえば遺書のようなもの――を、残しているというのは十分にあり得るストーリーだ。

情報漏洩の件は、まだ公になっていない。ならば、父に極秘任務を与えた松永菜穂子をはじめ、県警上層部は、できればことを大きくせず、事故として処理したいと考えているはずだ。

父が、自らが情報を漏らしていたことと、殺人を告白するような遺書を残していて、それを現場の捜査員より先に上層部の連中が知ったらどうなるか。十中八九、彼らは保身のため、隠蔽に動くはずだ。父だって、一皮剝《む》けばああだったのだ。清は人間の狡《ずる》さや汚さに賭けることにした。

清は偽の遺書をつくり大岩杉の洞に隠した。あとは、いかにしてこのことを上層部に知らせるかだ。

そう思った矢先、菜穂子から呼び出しを受けた。会って話してみると、おあつらえ向きに彼女は、父が自殺したと考えているようだった。

その場で清は「父は自殺なんて絶対にしない」と強く否定してみせた。まあ、実際、父は自殺なんてしていないのだから、それは清の本心だった。

こっちが誘導していることに気づかれてはまずい。人間には自分で発見した真実を強く信じる習性がある。そこをくすぐるつもりだった。

いかにもその場で思い出したように、それでいて、やや焦《じ》らして、あの洞のことを話した。途中から表情を固めてみせて、こちらも何かに気づいたような振りをした。

餌を撒《ま》いたのだ。

菜穂子はしっかりと餌に食いついてくれたようだ。

洞の中から遺書は消えていた。彼女が回収したのだ。そして、遺書があったことを清に知らせないということは、隠蔽に動いているということだ。

清は、底がないようにすら見える、その洞の深淵を眺め、晴れやかな気分で笑みを浮かべた。

これで、お父さんは、永遠に〝警察官の鑑〟でいられる。

私はずっと、お父さんを尊敬していられる。

ああそうか、信じている人に裏切られたときは、こうすればいいんだ。

8

『円卓会議』の決定に従い、熊倉哲警部の死に関する捜査は打ち切られ、非番中、趣味の山登りに興じていたときの事故死として処理されることになった。

また、ほぼ同時期に、港湾で遺体が発見された『綺堂会』若頭の殺害事件は、いつまで経っても有力な手がかりは得られず、迷宮入りが濃厚となってきた。末端の捜査員やマスコミ関係者の中に、この二つの男の死をつなげて考える者はいなかった。

隠蔽は成功した。

『円卓会議』の面々の誰一人として責任を問われることなく、熊倉警部の犯した罪は、闇から闇へと葬り去られた。橋爪監察官室長をはじめとする上役たちは、掌《てのひら》を返したように「ご苦労」「よくやってくれた」などと、菜穂子の労をねぎらった。

それから数ヶ月後、事後処理も終わり、すべて片がついたと思っていた菜穂子の耳に、気になる話が飛び込んできた。

組織犯罪対策課に所属する刑事が、またも行方不明になったというのだ。

今度いなくなったのは、一度は熊倉警部殺しの犯人ではないかと疑った谷口吉郎——、熊倉警部の娘、熊倉清の恋人の、あの刑事だった。

交換日記

The Tragedy of the "W" Prefectural police

1

「交換日記なんて、今時の子もやるんですねぇ」

「日下《くさか》はしたことない？」

「うーん、ないですねえ。仲のいい友達と手紙回したりは、よくありましたけど。え、上《うえ》原《はら》さん、あるんですか」

「まあ、な。小六の時にな」

「嘘。じゃあ江川瑠美《えがわるみ》ちゃんと同じじゃないですか。相手は女の子？」

「ああ、一応」

「やっぱり、付き合ってたんですか」

「いや、それは自分でもよくわからん。なんせ子どもだったしな。仲のいい子だったのは間違いないんだけど。結局、中学に上がるとき終わって、それっきりだよ」

昼下がりのバーガーショップ。目の前にいる男――上原佑司《ゆうじ》が照れくさそうに苦笑した。

なんだか、デートしているみたい――。

日下凜子《りんこ》は、頭の中に浮かんでくるそんなくだらない思いを慌てて追い払おうとする。

今は仕事中であり、これはデートではない。凜子と上原は刑事。W県警辰沢《たつさわ》署の先輩後輩で、今担当している事件の捜査でペアを組んでいる。今日は朝からずっと聞き込みを続け、何も食べていなかったので、署に戻る前にひと休みしようということになった。

凜子は、そっとため息をついた。

上原は、去年、念願叶って刑事課に配属された凜子に、仕事のイロハから教えてくれた師匠のような存在だ。最初はただ尊敬していただけだったのだが、段々と特別な感情を抱くようになっていた。

そして今回、ペアとして現場で行動を共にするうちに凜子は自身の上原への恋心をはっきりと自覚した。

上原は別にイケメンというわけでもないし、特別、話が上手いわけでもない。歳《とし》だって向こうの方がずっと上の、言ってしまえばおじさんだ。なのに、どういうわけか一緒にいるととても心地いい。雰囲気というか、空気というか、上手く言葉にできないけれど、何かがすっぽりと収まるような感覚がする。いつまでも一緒にいたいと思ってしまう。異性に対してこんなふうに感じるのは生まれて初めてのことだ。恋はするものではなく落ちるものだとは、よく言ったものだと思う。

上原の方が凜子のことをどう思っているかはよくわからない。けれど少なくとも嫌われてはいないと思う。ときどき、憎からず思われていると感じる瞬間さえある。

ただし、問題が二つ。

一つは、公私混同以外の何ものでもないこと。

そしてもう一つは、上原の左手の薬指に、結婚指輪がはまっていること。シンプルなデザインの銀色のリングだ。

上原はこちらの内心など知らず、懐かしそうな目をして付け加えた。

「中学からは、ずっと男子校だったし、妻に出会うまで浮いた話は一つもなかったな」

上原は署内でも有名な愛妻家だ。三十手前で出会った年上の奥さんが初めての恋人で、そのまま結婚したという。懇親会のときなど、惚気《のろけ》話を披露して、周りにからかわれている。

凜子は少しだけ胸がつかえるような苦しさを覚える。同時に、もやっとした黒い感情が湧いてくる。会ったこともない上原の妻への嫉妬《しっと》だ。

——もしも私の方が先に出会っていたら。

――もしも彼女の存在が消えてなくなれば。

そんな、決して健全とは言えない「もしも」を考えてしまう。

「さて、そろそろ行くか」

上原がトレーを持って立ち上がる。

「はい」

我に返って凜子も立ち上がった。

そうだ。とにかく今は目の前の仕事に集中しよう。こっちの惚れた腫れたよりも、犯人をあげることの方がずっと大事だ。殺されてしまった少女のためにも、凜子自身のプライドのためにも――。

W県西部のベッドタウン辰沢市。その郊外の丘陵地の雑木林で少女の遺体が発見されたのは、ひと月ほど前の月曜日のことだった。

少女は、市内の木谷南町《こたにみなみ》という住宅街に在住の十二歳、江川瑠美。小学六年生で、その更に三日前の金曜日から行方《ゆくえ》がわからなくなっていて捜索願が出されていた。

地元の老人会がバードウォッチングのためにその雑木林の中を訪れたところ、地面から手足の一部が露出しているのを発見した。地中に埋められていたものの、浅かったため、野良犬や狸《たぬき》といった野生動物に掘り起こされたようだ。

遺体は全身三十カ所以上を鋭利な刃物で刺されており、着衣はぼろぼろに裂けていた。少女の膨らみかけた乳房と、性器は特に執拗《しつよう》に切り裂かれており、原形を留《とど》めないほどずたずたにされていた。

ただし検視の結果、死因は首をロープのようなもので絞められたことによる絞死。犯人は首を絞めて殺したあと、遺体を滅多刺しにしたと断定された。

死亡推定時刻は行方不明になった金曜日の午後五時から七時の間。刃物で刺されたのは埋められる直前だが、絞殺は別の場所で行われた可能性もある。

遺体と一緒に刃渡り二十一センチの牛刀と、ビニールロープが埋まっており、これらが凶器だと見られている。

事件当日、午後六時頃に江川瑠美の母親がパートから戻ったとき、娘は家にはおらず、リビングにランドセルが置いてあった。一度学校から帰ってどこかへ行ったようだ。江川瑠美は活発で友達も多く、六年生になってからは、暗くなってから帰ってくることも珍しくなかった。だからこの時点では、母親は特に不安を感じてはいなかったという。

しかし江川瑠美は夜の八時を過ぎても帰ってくることはなかった。ここまで遅くなることはこれまで一度もなかった。さすがに心配になった母親は、娘と仲のいい友達の家に順番に電話をかけてゆく。すると、この日、江川瑠美はクラスの誰とも遊ぶ約束をしておらず、どこへ行ったのか知る子もいなかった。

娘が帰ってきていないと江川瑠美の両親が警察に電話を入れたのは同日午後九時過ぎ。しかし、死亡推定時刻からすればこのときすでに殺害されていたことになる。

そして三日後、江川瑠美は変わり果てた姿で発見された。

その報を受けた県警は、ただちに辰沢署に特別捜査本部を設置。凜子や上原も、捜査に駆り出されることになった。

通常、捜査本部が立つような殺人事件の場合、殺人捜査のスペシャリストである県警捜査一課の刑事と、地元に土地勘のある所轄の刑事がペアになって、二人ひと組で捜査にあたる。が、このペアを決めるとき、凜子はあぶれてしまった。県警の刑事たちが、露骨に若い女と組むのを嫌がったのだ。

使えないに決まっている——そう思われている空気を嫌と言うほど感じた。

無論、県警の刑事たちは凜子の仕事ぶりなど何一つ知らない。言わば偏見である。東京や他県では女性が殺人捜査に参加することなどもう珍しくなくなっているというのに、W県警の気風はいつの時代かと思うほど保守的だ。

——W県警は、女性の立場が弱すぎる。結局、幹部に女性がいないのが問題なの。だか

二つ目は、県内および近隣三県在住の性犯罪による前科や前歴がある者を、片っ端からあたってゆく班。少女を絞殺し、その上で乳房や性器を執拗に傷つけるという犯行状況から、捜査本部では、犯人を「嗜虐的《しぎゃくてき》で性的な倒錯をした異常者、おそらくは若い男性」と見ている。苦肉の策のローラー作戦だが、今回のような事件では有効な手段でもある。

三つ目が、聞き込みによって江川瑠美やその両親の周辺をあたる班。凜子と上原はここに所属している。

今日こそは、何か有益な情報を摑《つか》みたいところだったのだが……。


「しかし参ったな、今日も収穫なしとはな」

上原は頭を搔《か》いた。

「会議、まるでお通夜でしたね……」

凜子も相づちを打つ。

二人並んで辰沢署の廊下を歩いている。

午後十一時過ぎ。一日の捜査を報告する夜の捜査会議が終わり、捜査員たちは帰路につく。結局、今日も捜査は一ミリも進展しなかった。

県警の連中が消沈しているのを見ても、こっちも結果を出せてなければ、溜飲が下がるわけじゃない。

通用口から、外に出てゆくと、冷たく乾いた風が吹き付けてきた。

辰沢署員である凜子と上原の自宅は共に市内にある。

凜子の住まいは署から徒歩五分のアパートだ。W県では、若手の男性警察官は所轄勤務でも県警の独身寮で生活することが義務づけられているが、女性警察官はその限りではない。煩《わずら》わしいルールや門限もないので自由でありがたい反面、これも女性が軽んじられている証左でもあるように思える。

一方、上原は市内の木谷北町という住宅地に、マイホームを持っている。この町名からもわかるが、事件の被害者、江川瑠美の自宅や通っていた小学校のある木谷南町に隣接した町だ。

所轄の刑事にはよくあることだが、今回の事件は上原にとっては、生活圏のすぐ傍《そば》で起きた事件と言える。

「子どもの交換日記なんて、事件とつながるんでしょうか……」

凜子は、つい愚痴《ぐち》のようにつぶやいてしまった。

目下のところ、凜子たちが探っているのは、先ほどバーガーショップでも話していた「交換日記」のことだ。

江川瑠美の同級生数人が「瑠美ちゃん、誰かと交換日記をしてるって、言っていた」と証言している。が、その相手が誰かは秘密にしていたようで、知っている子はいなかった。江川瑠美の両親も心当たりがないという。

今時珍しい交換日記だからこそ、相手は特別親しい友達なのだろう。小学校の高学年くらいでも、ませた子は付き合ったりするから、交際相手かもしれない。

濃密な人間関係は、ときに事件に発展する。殺人事件の動機の大半は「金」か「色」だという。

ただ、そうは言っても、江川瑠美はまだ小学生だ。仮に何かトラブルがあったとして、あのような猟奇的な殺人事件に発展するとは考えにくい。

「そうだな。事件とは関係ないかもしれんな」上原は、顎《あご》に手をやりながら相づちを打つ。「だが、関係あるかもしれない。捜査というのは、ジグソーパズルのピースを埋めていくようなものだ。この『交換日記』というピースが埋まったときに、そこに思いもよらない絵が現れるかもしれないんだ。俺の経験上も、意外な情報から解決の糸口が見つかったことは何度もある。結局な、調べていることが事件解決につながるかどうかは、結果的にしかわからないんだ。とにかく、欠落している情報があれば探っていくしかない」

「そうですよね……」

上原の言うとおりだ。

けれど、こう毎日手応えがないと、気も滅入《めい》る。

凜子は、ほとんど無意識で小さくため息をついた。

「ほら、しょげるな。しょげてると、捜査運も逃げてくぞ。県警の連中、見返してやるんだろ」

上原は明るい声を出すと、ぽん、と凜子の頭を軽く叩いて笑顔をつくった。

こういうときに、不意討ちというか、ときめきを覚えてしまう。

「あ、はい。……すみません」

少しどぎまぎしながら凜子は頷《うなず》いた。

「所轄の意地、見せてやろうぜ。明日も頑張ろうな」

署の表にある駐車場の前で、上原は手を振った。

「おやすみなさい」

——佑司さん。

などと、つい心の中で名前で呼ぶという、小娘みたいなことをしてしまい、自分で照れくさくなる。

何をやってんのよ、私は！

頬《ほお》が火照《ほて》るのを感じた。きっと顔は夜でもわかるほど真っ赤になっているだろう。一緒に歩いているときでなくてよかった。

凜子は自分の車に向かう上原の背中を見送る。

でも、私がどんなに想ったところで、彼には奥さんがいる――。

そんなことを考えてしまい、またも、凜子は胸のつかえを覚えた。

2

目覚めると、私は一人だった。

初秋の朝陽はブルーのレースカーテンを透過し、少し憂鬱《ゆううつ》な光へと変わり、狭い寝室を包んでいた。

たぶん、何か酷く悲しい夢を見たのだと思うけれど、どんな夢だったかは思い出せない。

ただ、私を構成するすべての細胞に、その悲しみの痕跡だけが、刻まれているような気がする。

寝室を出てリビングに降りてゆく。先に起きていた祐司が、トーストをかじっていた。

「おはよう」

「ん、ああ」

祐司はそっけない。

「祐司さあ、昨日の午後、駅前のバーガーショップにいたでしょう？　女の子と一緒に。買い物の途中で、偶然見かけちゃった」

私はリビングとひとつながりになっているキッチンの冷蔵庫を開けながら尋ねた。

「え？　あ……、ああ」

私は祐司の目が泳ぐのを見逃さなかった。

「あの子も刑事だったりするの？」

私は極力なんでもないふうに言いながら、自分の分のトーストを焼く。冷蔵庫から、昨夜の残りのマカロニサラダを取り出す。

「うん。そうなんだ。あのとき、聞き込みの最中でさ」

「ふうん。じゃあ、あの子とペアを組んでるのね」

「ああ」

頷く祐司の表情からは、そこはかとない動揺が透けて見える。

どこかやましいものがあるんじゃないだろうか。いや、きっとある。勘が、そう告げていた。

チン、と音がしてトーストが跳ねる。私はそれをお皿に載せて、サラダと一緒にリビングに運ぶ。

「ねえ、祐司、今はどんな事件を捜査しているの？　聞き込みの最中に駅前にいたってことは、うちの近所で起きた事件？　もしかして、こないだ新聞に載っていたやつ？　女の子が殺されたっていう」

　私は尋ねるが、祐司は眉間に皺《しわ》を寄せて何も答えてくれなかった。

　彼は私がこういうことを訊《き》くのを嫌がる。

「ごめん、ごめん。どんな事件を捜査しているかとかは、秘密なんだよね。変なこと訊いてごめんね」

　私は極力軽い感じで言った。つまらないことで、祐司の機嫌を損ねたくない。

「コーヒー淹《い》れようか」

　声をかけると祐司はこちらを向きもせずに「いや、いい。もう行くから」と、リビングのソファから腰をあげた。そそくさと準備をして、「いってきます」のひと言もなく、家を出ていってしまった。

　独り取り残された私は焼けたトーストに何も塗らず食べた。「砂を噛《か》むような」というのは、きっとこの味のことなのだろうと思いながら。

私が祐司と初めて出会ってから、もう十二年になるだろうか。私の気持ちは出会ったときのまま、変わらない。今でも祐司に運命を感じ、全身全霊で愛している。

けれど、祐司の方はそうではないようだ。

最近、明らかに祐司の様子はおかしい。とみにそっけなくなってしまった。

セックスだってそうだ。祐司にとっては、私が初めての女だった。そのせいか、最初は文字通り覚えたての猿のように、毎日やりたがったものだ。なのにここのところめっきり減り、もうずっとご無沙汰になっている。

それどころか、ひと月ほど前から、祐司は寝室でなく自分の部屋で寝るようになってしまった。

私にはこれが単なる倦怠期《けんたいき》なんて、思えない。

もっと何か根本的な原因があって、祐司の心が私から離れてしまっている気がする。

私にとって祐司はいつまでも「恋人」だが、祐司にとって私は、いつの間にかただの「家族」に変わってしまったのではないか。

もしかして、その原因は昨日の女にあるんじゃないだろうか。祐司と同じ、刑事だというあの若い女。

バーガーショップであの女と話しているとき、祐司の顔は全然違った。店の窓越しにもそれはよくわかった。懐かしい、笑顔。私はよく知ってる。だってあれは、昔、私に向けてくれていた笑顔だから。もう、私に向けてくれなくなった笑顔だから。

祐司はあの女に恋しているんじゃないだろうか。

そして女の方もすごく楽しそうにしていた。

その光景を思い出し、ぞっとする。

このままでは、祐司をあの女に、奪われてしまうんじゃないだろうか——。

3

目覚めると、日下凜子は独りだった。

あれ？

いつもと変わらぬ、アパートの自室の風景に、拍子抜けしたような寂しさを覚えてしまう。

ああ、あれは夢だったんだ……。

今の今まで見た夢の中では、凜子の活躍によって江川瑠美殺害事件が解決していた。その上、上原からプロポーズされるのだ。「この事件が終わったら、渡そうと思っていたんだ」と彼は大きなダイヤのはまったエンゲージ・リングを凜子に差し出す。感激した凜子は上原の胸に飛び込むのだった——。

——て、あり得ないでしょ！　私、なんつー夢を見てんのよ。

思い出すに、恥ずかしさが込み上げてきて、ベッドの上で独り悶絶《もんぜつ》する凜子だった。

午前九時過ぎ。目覚ましをかけなかったので、いつもよりだいぶ遅い朝である。

今日は久々の休日だ。もっとも、休みなのは夢のように事件が解決したからではない。その逆だ。

事件発生からおよそ二ヶ月が経《た》ち、捜査は目に見えて行き詰まった。

証拠品からも、性犯罪の前科前歴者の捜査からも、被害者の周辺からも、犯人に結びつくような情報は出てきていない。

凜子たちが探っている交換日記の相手も未《いま》だわかっていなかった。江川瑠美の同級生と、小学校の教師、更に保護者らまで当たってみたが、誰も知らないようだ。もしかしたら、江川瑠美は友達にそう言っていただけで、実際には交換日記なんてやっていなかったのかもしれない。

もちろん、二ヶ月くらいではまだ迷宮《おみやい》入りと言うような段階ではない。が、県内においいても、辰沢署の管内においても、他にも事件は起きる。長期戦を見据えて、捜査本部の規模は若干縮小させることになり、捜査員たちも交替で非番の日を設けることになった。

凜子はとりあえず午前中に部屋を掃除して洗濯を済ませた。午後は録画するばかりで溜めていた連続ドラマでも観ようかと思っていたのだけれど、どうにも落ち着かなかった。ついつい、事件のことばかりを考えてしまう。

犯人はこの世界のどこかに確実にいるのだ。できることなら、この手で捕まえてやりたい。今朝の夢は、紛れもない自分の願望だ。上原のプロポーズはともかくとして。

どうせ何をしても落ち着かないなら、身体《からだ》を動かそう。

そう思った凜子は昼食を済ませたあと、アパートを出て辰沢署の前にあるバス停へ向かった。

市内を循環するバスに十五分ほどゆられて「辰沢駅前」で降りる。駅前の交番のところに、事件当日の目撃情報を募る貼り紙がしてあった。捜査本部で作成し、配布しているものだ。

殺害された江川瑠美の自宅や、通っていた小学校がある木谷南町は、この駅の東口から一キロほどのところにある住宅街だ。

凜子は江川瑠美が通っていた市立第二小学校に向かった。

その途中にある公園のところで見知った顔に会った。同じ辰沢署刑事課の徳田《とくだ》という刑事だ。三十代後半の中堅で、お人好し然としたえびす顔は、一見、刑事に見えない。

「あれ？　日下じゃん。今日って非番だよな」

徳田は、顔に似合ったのんびりした声をかけてきた。

彼も捜査本部に参加しており、凜子や上原と同じく、主に被害者の周辺を探っている。

「あ、いや、何だか、どうしても事件のことが気になってしまって……」

「思わず、こっち来ちゃったのか」

「ええ、まあ。あの、徳田さんは、聞き込みですか」

「うん。今、トイレ休憩。相方がふんばってるよ」

徳田は親指を立てて、公園の奥のトイレを指した。どうやら、ペアを組んでいる県警の刑事が、用を足しているらしい。

「どうです。今日は成果ありましたか」

訊いてみると、徳田は困った顔になって、かぶりを振った。

「今のところは何も。今日はさ、念のため例の路地の民家を一軒一軒回ってるんだけど、誰も何も見ていないし、物音も聞いてないってさ」

「そうですか……」

「このまま、迷宮入りだけは避《さ》けたいんだけどな。俺さ、あの被害者の江川瑠美ちゃんだっけ。たぶん会ったことあるんだよ」

「え、そうなんですか」

初耳だった。

「うん。俺だけじゃないよ。上原さんや、飯沼《いいぬま》さんや、水戸《みと》さんなんかも、会ってるはずなんだ」

徳田が名前を挙げたのは、上原をはじめみな、辰沢署刑事課の面々だった。それでピンときた。刑事と小学生の接点はそんなに多くはない。

「あ、もしかして見学で？」

「そう。三年前に、社会科見学で珍しく刑事課を見学させた小学校があってさ。気になって調べてみたら、二小の三年生、つまりあの江川瑠美のいた学年だったんだよ」

三年前だと凜子はまだ地域課で交番勤務をしていた頃だ。

「まあ、俺はあの子のことを覚えていたわけじゃないんだけどさ。やっぱ、こんなふうにでも接点があると、気分的にな。あ、いや、もちろん、被害者と接点がなくたって、捜査の手を抜くわけじゃないけどな」

徳田は肩をすくめた。

「言わんとすることはわかります」

――そっか、上原さんも、江川瑠美ちゃんと会ったことあるのか。

上原が「所轄の意地」と言うのも、何も凜子のためだけでなく、このことが念頭にあるのかもしれない。

そこにトイレから出てきた県警の刑事が戻ってきた。

彼は最初、いつものスーツではなく、ジーンズにシャツとカーディガンという、カジュアルな私服の凜子を、一般人と思ったようだ。が、近づいてきて凜子と気づくと露骨に顔をしかめた。

「何だ、きみ。そんな格好で、何してる」

「何でもありません。今日非番で、たまたま通りがかっただけです」

「非番？　ふん、そうか。おおかた、気になって出張ってきたんだろうが、どうせ何も見つからんぞ」

ずいぶんな物言いだ。凜子は県警の刑事は無視して、徳田にだけ「それじゃ、失礼します」と頭を下げて、その場を立ち去った。背中から、県警の刑事が鼻を鳴らす音が聞こえた。

少しささくれ立った気分で、凜子は学校までの道を歩く。

学校の前に着くと、ちょうど下校時刻のようで、子どもたちが続々と校門から出てきていた。

子どもたちは、ばらばらではなく数人ずつのグループにまとまっており、ＰＴＡの腕章をつけた保護者に引率されている。事件以来行われている集団下校だ。子どもを攫い、惨殺するような者が捕まらずに野放しになっている状況では、親も気が気じゃないだろう。責任を感じてしまう。

凜子はこの学校の前から、江川瑠美の足取りを辿《たど》ってみることにした。

事件当日の午後四時三十分頃。江川瑠美は同じクラスの女子二人と一緒に、三人で下校している。授業は午後三時五十分に終わったが、教室に残り少し遊んでいたという。

凜子は自分が小学六年生の少女になったつもりで、通学路を歩く。碁盤の目状に区画され、一戸建ての住宅やアパートが建ち並ぶごく普通の住宅街だ。

仲のよい女の子同士、かしましくお喋りをして歩いていたようだ。通学路にある民家数軒の住人が、下校中の江川瑠美らと思われる女の子の声を聞いている。

江川瑠美の自宅は、比較的学校から近く、子どもの足でも五分もかからない。「メゾン・ファミリア」という四階建てのマンションの三階だ。

凛子はその前で足を止める。

事件発生直後はマスコミであふれたが、今は落ち着きを取り戻している。江川瑠美の両親は、すでにここには住んでいない。取材攻勢を避けるため親戚の家に身を寄せている。もちろん捜査本部では居場所を把握しているが、今のところ外には漏れていない。母親の方は精神のバランスを崩してしまい、心療内科に通っているという。

事件当日、江川瑠美が帰宅したのは、おそらく午後四時四十分前後。江川瑠美は一人っ子で、両親は共働きのため家には誰もいなかった。

午後四時五十分頃、マンションの住人が玄関から出ていく江川瑠美とすれ違っている。このとき、江川瑠美はランドセルを背負っていなかったというので、家に帰って、すぐに出てきたのだろう。これは帰宅した母親の「リビングにランドセルが置いてあった」という証言と一致する。

マンションを出た江川瑠美は、犬の散歩をしている老人とすれ違っている。このとき街頭スピーカーから午後五時に流れる「夕焼け小焼け」のチャイムが鳴っていたという。

彼女が向かった先は、クラスメイトの家だ。放課後、教室で遊んでいたとき、給食当番の子が割烹着《かっぽうぎ》を忘れているのに気づき、比較的家が近い江川瑠美が届けてあげることになったという。

凛子は、江川瑠美のマンションからそのクラスメイトの家までの道順を辿る。この住宅街は比較的きれいな碁盤の目状に区画されているので、道順は複雑ではない。

分譲建売住宅だろうか、車道と歩道が分かれていない細い路地に並ぶ、よく似たコンパクトな一戸建ての一軒。玄関に「寺田《てらだ》」という表札が出ている家がそうだ。

この家に住むクラスメイトは塾に行っていて不在だったので、家にいた母親が割烹着を受け取った。正確には覚えていないが時刻は午後五時十分前後だったという。途中ですれ違った老人の証言からも明らかだが、すでに死亡推定時刻にかかっている。

問題は、この家を出たあと江川瑠美がどこに向かったか、だ。

割烹着を受け取った母親は、こう証言している。

――瑠美ちゃんは、家を出て左に歩いていきました。

これが、今のところ最後の目撃情報だ。以降、江川瑠美の姿を見た者はいない。

ここで重要なのは、江川瑠美がこの家を出て左に歩いていったという点だ。クラスメイトの母親には、何度も確認したが間違いないという。

江川瑠美が、まっすぐ自宅マンションに帰るなら、この家を出て右に向かうはずなのだ。

つまり、彼女は、自宅ではないどこかに向かった可能性が高い。

凛子も、江川瑠美が歩いた方角へと路地を歩いてゆく。なんの変哲もない住宅街の路地だ。昼間はあまり人通りがないらしく、凜子も誰ともすれ違わなかった。

大人の足で、五分強、距離にして五百メートルほどで、大きな県道に出る。その横断歩道を渡ったところに、コンビニがある。

捜査本部では、江川瑠美はこのコンビニに寄ってから家に帰るつもりで、こちらに歩いていったのではないかと見ている。他に江川瑠美が向かいそうな場所がないのだ。

しかし事件当日、コンビニで働いていた三名の店員――バイトの大学生が二人と、オーナーである五十代の男性――は、江川瑠美らしき女の子を見ていない。念のため、防犯カメラを確認したが、江川瑠美の姿は映っていなかった。

つまり、あのクラスメイトの家から、この県道までのどこかで、江川瑠美は犯人に拉致《らち》された可能性が高い。この約五百メートルが、先ほど徳田が言っていた「例の路地」だ。

凜子は目を皿のようにして、歩く。が、新しい発見は何もなかった。当然と言えば、当然だ。すでにこの辺りは、他の捜査員がそれこそ塵《ちり》一つ残さぬくらいに徹底的に調べている。

先ほど県警の刑事に言われたとおりなのは悔しいが、非番の凜子がふらっときて、何か見つけられる道理はない。

凜子は県道を渡り、コンビニに向かった。そのとき、電信柱の住所表記が目に入った。

「木谷北町」と、ある。上原の自宅がある町だ。県道が町の境になっているようだ。

上原も今日は非番のはずだが、何をしているのだろう。彼も事件のことが気になって、こっちの方に来ていて、ばったり会ったりして――。

などと、つい上原のことを考えてしまったときだ。

不意に凛子の頭に、ある考えが浮かんだ。

え――？

それは、事件の犯人像について、これまで捜査本部では少しも考えられていなかった可能性だ。

でも……。

凛子は自分の閃《ひらめ》きに戸惑う。

急激に喉《のど》の渇《かわ》きを覚え、目の前のコンビニに入っていった。

4

たまたま立ち寄った県道沿いのコンビニに、あの女が入ってきたときは、心臓が飛び出るかと思うほど、驚いた。

いつぞや、バーガーショップで見かけた女、たぶん祐司の心を奪っている女。改めて見てみると、整った顔立ちをしている。美人、というか可愛らしいといった感じか。私服のセンスもいいし、何より、私にはない若さがある。

更に驚くべきことに、女は私のいる方へまっすぐ、向かってきた。

え？　な、何？

もしかして、この女、私のことを知ってるの？

しかし、女は私の横を通り過ぎドリンク棚の前で立ち止まった。冷蔵庫のドアを開き、五百ミリのお茶を手に取ると、私には一瞥《いちべつ》もせずに、レジに向かった。

私は安堵とともに、自分の存在を無視されたような奇妙な怒りを感じた。

女は会計を済ませて、ビニール袋を片手にコンビニを出ていく。

ほとんど無意識のうちに足が動いて、私は何も買わずに、そのあとを追いかけていた。

やはり、あの女が原因なんだろうか。

私は、コンビニを出たところで一度立ち止まり、女の様子を窺《うかが》う。女は県道の横断歩道で信号待ちをしている。信号が青になり、女は歩き出す。県道を渡り、木谷南町の住宅街に入っていく。私は少し離れてそれを追う。

あれは確か、ふた月ほど前の金曜日のことだったと思う。祐司の帰りはいつもよりだいぶ遅かった。ズボンとシャツの裾《すそ》を泥で汚していた。何があったのか訊いても、「泥ぐらいつくこともある」とはぐらかすばかりで教えてくれなかった。

あの日から祐司の私に対する態度は決定的に変わったように思う。セックスを拒むだけでなく、寝室も別《わ》けたがるようになった。そして、いつもどこか不安げにしている様子だった。一見、平静を装っており、もしかしたら周りの人間は気づいていないかもしれないけれど、私にはわかる。それに最近は、夜中、祐司の寝室からうめき声が聞こえることがある。うなされているのだ。

祐司には何か、隠し事がある。

あの日、何があったのかはよくわからない。でも、あの女がからんでいるはずだ。根拠と呼べるものなど何もないが、私は確信した。

やはり祐司はあの女のことを好きになってしまったんだ。

けれど祐司は、私以外の女を好きになってしまったことに罪悪感も抱いているんだ。私を裏切ったことで、自分を責めているんだ。だから、夜うなされているんだ。

ああ、そうよ。きっとそうなんだ！

あの女のせいで、私も祐司も苦しんでいるんだ。

女への怒りがふつふつと湧いてくる。

女は、ゆっくりとした足取りで、人気《ひとけ》のないその路地を歩く。さっき買ったお茶をときどき口にしながら。何か考え事でもしているのか、すぐ後ろから私が尾《つ》けていることにまったく気づいていないようだ。

私は女の背中を睨《にら》み付ける。

髪はうなじが隠れるくらいのショートカット。背は高い方だろう。少し、なで肩だ。腰の位置が高く、足はスラリと長い。ローライズのジーンズがよく似合っている。このスタイルで、顔も可愛いのだから、男にはモテるだろう。

いや、でも祐司は簡単に私を裏切るような人ではない。この女が、誘惑したんだ。きっとそうだ。そうに決まっている。

私は全身の血が沸騰《ふっとう》するような熱を覚え、頭に血が上っていくのを感じた。

この女さえいなかったら、祐司は変わらなかったんだ。この女さえいなかったら。

殺してやる――。

身体の中心で渦巻く怒りが、「殺意」としか言いようのない感情に変化していくのを私は自覚していた。

5

日下凜子はコンビニの前の横断歩道を渡り、来た路地を戻る。江川瑠美が攫われたとされる五百メートル。

しかし――。

本当に、そうなのだろうか。

江川瑠美がコンビニに向かい、この路地のどこかで攫われたという、確たる証拠があるわけじゃない。すべては推測だ。

そもそも江川瑠美がコンビニに向かっていない可能性もある。

仮に、コンビニに行こうとしたとして、この路地で攫われたのだろうか。

最近の小学校ではかなり念を入れて不審者に対する警戒を教育している。女の子であれば、特に。

単に知らない人についていかないようにといったことだけでなく、たとえ「親が事故に遭った」などと言われても絶対に信じてはいけないと、犯罪者の手口を想定して教えている。江川瑠美が不審者の車にすんなり乗ったとは思えない。ならば、強引に攫ったということになるのだが……。

人通りは少ないとはいえ、両側に住宅が建ち並んでいる。こういった住宅地は、人気はなくても人の耳はたくさんあるものだ。その証拠に、通学路の聞き込みでは、下校中の江川瑠美とその友達の話し声が聞こえたという証言が出てきている。

しかしこの路地の聞き込みでは、該当する時間帯に怪しげな物音を聞いた者は一人も見つかっていない。今日、念入りに聞き込みを行ったという徳田も「収穫なし」と言っていた。

だとしたら、犯人は誰にも見られないだけでなく、ほとんど音も立てずに、江川瑠美を攫ったことになる。相手は女子小学生とはいっても六年生だ。見知らぬ誰かが無理矢理車に乗せようとしたら、叫び声をあげるなり、暴れるなりするんじゃないだろうか。

だとしたら犯人は——。

顔見知り。あるいは、江川瑠美が信頼するような属性の人物。この人は自分に害を与えるなどと思わないような、人物。

凜子は自分の発想に息を呑んだ。

何か確証があるわけじゃない。言ってしまえば「思いつき」だ。しかし可能性としてはあり得る。

いや、でも……。

と、そのときだ。

凛子はようやく、その得体の知れない気配に気づいた。

誰かが後ろから尾けてきている？

確かに背中に人の気配を感じる。たぶん、一定の距離を保って、こちらと同じペースで歩いている。

いつからだろう？　こういうことには敏感な方なのだが、ずっとうわの空で考え事をしていて気づかなかった。

凛子は思わず足を止めた。そして振り向く。

すると、慌てて角を曲がる人影が見えた。

女の人？

そうだ。一瞬しか見えなかったけれど、確かに女だった。白いブラウスに、紺のスカート。どこかで見覚えが――。

凛子ははっとする。

さっき、お茶を買ったコンビニにいた客じゃなかったか。注意して見ていたわけじゃないけれど、そんな気がする。

ずっと尾けてきていたのだろうか。

偶然、ということも十分あり得る。尾けていたわけでなく、たまたま同じペースで駅の方に向かって歩いていたということも。けれどだとしたら、こちらが振り向いた途端、角を曲がったのはいかにも変だ。

凜子は女の曲がった角までゆき、路地を覗《のぞ》き込んでみる。

しかし、もう女の姿はなかった。

その路地の先にも角があるが、あれを曲がったとしても、早すぎる。つまり、女は走ったのだ。逃げたと考えるべきだろう。

誰？

気づかれて慌てて逃げたところをみると、たぶん素人だ。尾行に慣れた者なら、何食わぬ顔をして通り過ぎてゆくものだ。

刑事というのは、思わぬところで恨みを買うことのある仕事ではある。けれど過去に関わった事件の関係者に、あんな女はいなかったと思う。

誰だったんだろう？

凜子は得体の知れない胸騒ぎを覚えた。

6

殺す、殺す、殺す、殺す、殺す——あの女を。私から祐司を奪おうとしているあの女をぶっ殺す！

五日ほど前にコンビニで偶然見かけ、あとを追って以来、殺意は日に日に募り、自分でも制御しようがないほど膨らんでいた。

祐司のいない昼間、独り家の掃除をしながら、私はあの女を殺すことばかりを考えてしまう。

リビングの掃除を済ませたあと、私は祐司の部屋に入ってゆく。「勝手に入るな」と言われているけれど、毎日こうして掃除をしている。棚やデスクの中に、あの女の影を感じさせるようなものはない。家には持ち込まないようにしているのか、どこかに隠してあるのかはわからない。

掃除機をかけている最中、視界の隅で何か黒いものが動くのが見えた。ゴキブリだ。生理的な嫌悪を催すその黒い虫は、壁の縁に沿ってかさかさと走る。まるで身を隠すかのように棚の裏に入り込んだ。

私は一度祐司の部屋を出て、リビングから殺虫剤を取ってきた。

ゴキブリはまだ棚の裏にいるのだろうか。

私は棚の横側に膝をつき、隙間を覗き込んでみたが狭すぎて中はよくわからない。が、とりあえず隙間にノズルを突っ込んで殺虫剤を噴霧《ふんむ》した。

とげとげしい薬剤の臭いが立ちこめる。

その直後、隙間の奥からバタバタと物音がした。いた。ゴキブリが苦しみのたうっているのだ。私は棚の裏側に更に殺虫剤を吹き入れる。物音は激しくなり、やがて止まった。

どうしようかと思ったけれど、棚の側面を摑《つか》んで引いてみたら、案外簡単に動いた。

ゴキブリは比較的手前の方にいて、棚を少し動かしただけでその姿が見えた。グロテスクな腹をこちらに向けてひっくり返って、足をピクピクと震わせている。

私はティッシュを数枚重ね、その瀕死のゴキブリを拾い取る。そして、思い切り握りしめる。ティッシュ越しにも、パリパリとゴキブリの外殻が割れ、ブチュッと身体の中身が潰れる感触が、手に伝わってきた。

このとき私は決意した。

殺そう。あのゴキブリのような女を。私のために、そして祐司のためにも。悪いのは、あいつだ。私の祐司を誘惑したのだ。殺されて当然だ。

けれど……。

あの日、途中で気配を感じたのか、あの女は私の方を振り向いた。私は慌てて、角を曲がり身を隠し、そのまま走って逃げた。

あれは失敗だった。何食わぬ顔をして歩き続け追い越してしまえばよかったんだ。あんなふうに逃げたら、あとを尾けていたと言っているようなものだ。

顔を見られてしまっただろうか。警戒されてしまっただろうか。

どうやったら、上手く殺せるだろうか。

ただ殺すだけじゃ駄目なのだ。捕まってしまえば、私と祐司の人生は滅茶苦茶になってしまう。完全犯罪でなければならないのだ。

私は考えながら、ゴキブリを潰したティッシュをごみ箱に捨てる。

不意に、私は以前、祐司が言っていたことを思い出す。

——殺人事件というのは、死体が発見されてはじめて、事件として認知されるんだ。

なるほど、きっとそういうものなのだろう。捨ててしまえば、あとで祐司が帰ってきても、彼は自分の部屋にゴキブリが出たことも、私が殺したことも知らないままだ。

同じように、ある人がいなくなったとしても、死体が見つからなければ、生死はわからない。ただの行方不明だ。

先日の新聞に載っていた小学生の殺人事件——おそらく、祐司とあの女が捜査している事件だ——も、死体が発見されて事件になったのだろう。

ならば、あの女を殺した上で、死体を隠しおおせれば、完全犯罪になるはずだ。

そのためには、どうすればいい？

まず第一に、殺すところを誰かに見られてはいけない。第二に、やはり誰にも見られずに死体を隠さなければならない。

どうする？

どこでどうやって殺して、どこに死体を隠す？

私はそんなことを考えつつ、動かした棚を元に戻そうとした。そのとき、それに気づいた。

棚の裏側の奥の方に、何かがある。なんだろう。私は更に棚を動かしてみる。

本？　いや手帳のようだった。

祐司がここに隠していたんだ。

私は手を伸ばして手に取る。

何これ？

手帳の表紙には薄いピンクで猫のシルエットと、箔押しした『ＤＩＡＲＹ』の文字が印刷されている。女性、というより女の子が好みそうなデザインの日記帳だ。祐司が自分で買うとは思えない。

　更にこの表紙の名前の欄には、見慣れた祐司の筆跡でこう書かれていた。

『ＹＵＪＩ　＆　ＲＵＭＩ』

　祐司だけじゃなく、もう一人、たぶん女の名前も。

　普通日記っていうのは、一人で書くものだ。例外的に二人で書くとしたら……交換日記？

　私は混乱した。

　この「ＲＵＭＩ」というのは、あの女だろうか。いや、だとして、祐司は交換日記なんてしていたというのか。

　ＲＵＭＩ……ルミ……瑠美……。

　そう言えば、この名前はどこかで目にした覚えがある——。

7

　閉め切った狭い聴取室は、ほんのりと蒸し暑い。

日下凜子は、目の前でパイプ椅子に腰掛ける男を見つめる。彼は目を合わせようとはしない。

まさに急転直下。

あの日凜子の頭に舞い降りた「思いつき」は、真実を射止めていた。

二ヶ月にわたり捜査が難航していた江川瑠美殺害事件が、今、解決のときを迎えようとしていた。

でも、凜子がたどり着いた真実は、苦く、そしておぞましいものだった。

この人のことを追い詰めたくなどないという、気持ちが湧いてくる。

凜子は、重い口をおもむろに開いた。

「江川瑠美ちゃんと交換日記をしていたのは、あなただったのね」

ふと、凜子の脳裏には、昨夜の出来事が浮かんできた。


凜子の携帯電話にその着信があったのは、アパートに戻り、シャワーを浴び、そろそろ眠ろうかと寝間着代わりのジャージに着替えている最中だった。

捜査は未だ難航していた。凜子は着替えをしながら、先日の非番の日に思いついた、疑念について、思いを巡らせていた。

部屋のローテーブルの上で震える携帯電話の画面には知らない番号が表示されていた。

こんな時間に何だろう——。

捜査本部に参加している以上、いつでも呼び出される可能性はある。しかし、その場合、大抵、知っている番号からかかってくる。

「はい」

凛子は名乗らずに電話に出た。

『日下凛子さんの携帯電話で間違いないでしょうか』

女の声が、凛子の名を呼んだ。少なくとも間違い電話ではないようだ。

「そうですけれど。あの、どちらさまでしょうか」

『私、上原といいます。上原聡美《さとみ》。その、いつも佑司……あ、上原がお世話になってます——』

意外と言えば、あまりに意外な人物からの電話だった。

会ったことはないけれど、「聡美」という名前は、上原に聞いたことがあったから知っていた。

でも、どうして私に電話なんかしてくるの？　しかもこんな時間に。

『もしもし？　あの、日下さん？』

「は、はい……」

凜子はどうにか返事を返す。

『突然ごめんなさいね、びっくりしたでしょう。あなたの番号はね、家にあった辰沢署の名簿で調べさせてもらったの。実はどうしても伝えたいことがあるの。これから会って話せないかしら』

「え、これからですか」

凜子は面食らった。

『そうよ。どう?』

「いや、あの、伝えたいことってどういう……」

『……上原のことよ』

「上原さんの?」

『ええ、本人には内緒でね』

「あの、会うってどこで」

『辰沢駅の前にあるファミレスでどうかしら。私ね、もう家を出て外から電話してるの』

結局、勢いに押し切られる形で聡美と落ち合うことになった。

先日の非番の日には辰沢駅前までバスで行ったが、もう終バスも終わってしまっている。

携帯電話でタクシーを呼んだ。

移動中はずっと落ち着かなかった。

はっきり言って、わけがわからない。

まず第一に、聡美がこちらのことを知っていたことに驚いた。

それはつまり、上原が家で凛子のことを多少なりとも話題にしているということだ。一体、どんな話をしているんだろう。

そして、その上原のことで話、とはなんだろう？　しかも、本人に内緒で……。

凛子の頭の中を様々な想像が駆け巡る。

平日の夜だからか道は空いていて、十分足らずで目的のファミレスの前までたどり着いた。

車を降りて店に入った凛子は、奥のボックス席に座っているその女の姿を見て、更に驚いた。

非番の日に、凛子のあとを尾けてきた女だ。

女は凛子に気づくと、軽く手を振った。

まさか……、嘘でしょ？

凛子がボックス席の前まで向かうと、女は腰を浮かせて頭を下げた。

「日下さん、よね。私が上原聡美です」

そのまさかだった。あろうことか、あの女が聡美だったのだ。

「あ、あの、日下です」

凜子は戸惑いつつも挨拶を返し、聡美の前に座った。

ウェイトレスがすぐに凜子の分の水を持ってきた。何も頼まないのも悪いので、とりあえずコーヒーを注文する。

「こんな遅い時間に、呼び出してしまってごめんなさいね」

「いえ」

改めて聡美の顔を見る。上原より少し年上のはずだが、ぱっと見は彼と同じくらいに見える。目尻の小皺がやや目立つけれど、美人、と言って差し支えないと思う。ただ、少し陰があり神経質そうな顔立ちをしている。

やっぱり、あの日の女と同一人物だ。

前に、私のこと尾けてましたよね？——と、訊いてみようか迷っている間に、注文したコーヒーが運ばれてきた。

「ごゆっくりどうぞ」と、ウェイトレスが立ち去ったのを合図にしたように、聡美の方から切り出してきた。

「日下さん、この間、私があとを尾けていたの気づいてた？」

「ええ、まあ……」

凜子は頷く。

「やっぱりそうよね。実はね、あれと、これからする話は少し関係があるの」

尾けていたことと関係がある？　一体どういうことだろう。

聡美は自分の水を一口飲んでから続けた。

「私ね、ここ最近の上原の様子から、あなたが彼を誘惑しているんだと思っていたのよ」

「え、ゆ、誘惑ですか」

「そう。だからね、あの日、偶然、あなたを見かけたとき、あとを尾けてしまったの」

「いや、でも、私、誘惑なんて」

聡美はかすかに苦笑してかぶりを振った。

「そうよね。それは私の思い込みというか、誤解だってわかったの。ごめんなさい」

「はあ」

上原に好意を抱いているのは事実だが、それはこの胸一つにしまっている。まして誘惑などした覚えはない。

聡美は、一度ためらうように目を伏せてから口を開いた。

「あなたが誘惑したわけじゃないと気づいたのは、これを見つけたからよ」

聡美はスマートフォンを取り出すと、画面に写真を表示させてこちらによこした。

「彼の部屋に隠してあったの」

凜子はスマートフォンを手に取り、顔に近づけて写真をよく見た。

それは、何か手帳のようなものの表紙と中身を撮影したもののようだ。

何これ？　え、日記——。

凜子はその内容を理解すると同時に、息を呑んだ。

「これ、なんで上原さんが……。どういうこと……」

思わず声が漏れた。

「どういうことかは、あなたならわかるでしょう」

聡美が言う。

そうだ。わかる、わかりすぎるくらいわかる。

これは決定的な証拠だ。

「たぶん上原は、ばれないと思っている。偽装工作も施《ほどこ》しているし、疑われない自信があるんじゃないかしら」

凜子は唖然《あぜん》として写真を眺めた。

聡美はおもむろに口を開いた。

「私はもう、あの家を出るわ。上原を……佑司をどうするかは、あなたに託したいと思うの」

「私に？」

「そうよ。何も知らなかったことにして、明日からも後輩として普通に接してもいいし、捕まえてもいい。それはあなたの役目だと思うの」

聡美はどこか寂しそうに、苦笑した。

アパートに帰ったあとも、凜子は一睡もすることができなかった。

一晩中、ベッドの中で、聡美から受け取り保存した上原の日記の画像を眺めていた。

上原は聡美のことも、凜子のことも、更に言えば、辰沢署の同僚たちも、ありとあらゆる人を欺《あざむ》いていた。

あの上原に限って、あり得ない。

否定する気持ちが湧くが、しかし、この日記の内容は、雄弁に上原の本性を物語る。

そしてそれは、凜子自身もほんのわずかながら、頭の隅で考えていたことだった。たとえ上原だとしても、可能性としてはゼロではない、と。

私はどうすればいいの？

聡美は上原をどうするか、凛子に託すと言った。

夜が明ける頃、凛子は一つの結論に達した。

私は一人の女である前に刑事だ。何よりもまず事件の解決に、全力を尽くそう——。


「ちゃんと答えて。交換日記をしていたのは、あなただったのね？」

凛子は、語気を強めて再度、目の前に座る男——祐司——を問い詰める。

「え、あ、その……は、はい」

祐司は目を泳がせてかすかに頷いた。

「どうして隠していたの？」

祐司は俯《うつむ》いて押し黙った。

「隠さなければならない理由があったの？」

凛子は続けて問う。

祐司は俯いたまま答えない。

「正直に言って。もしかしてあなたは気づいていたんじゃないの？」

祐司は小さな肩をびくりと揺らし、わかりやすく顔色を変えた。

やはりそうだったのか。凛子は手応えを感じた。

凜子の隣で、一緒に取り調べをしている上原が、口を開いた。

「きみは、お母さんが瑠美ちゃんを殺したことに薄々気づいていたんだね。その原因が自分だということも」

「だから、事件後も、みんなに内緒で瑠美ちゃんとしていた交換日記のことを口に出せなかったのね」

凜子はたたみかける。

「う、ううう……」

寺田祐司は、涙目になって頷いた。

彼は被害者、江川瑠美のクラスメイト。事件当日、彼女が割烹着を届けに行った家の子だ。下の名前が上原と同じかと思ったが、字をよく見ると違う。上原は佑司だが、この子は祐司だ。

最後に江川瑠美を目撃したのは、この寺田祐司の母親——寺田和音《かずね》である。

彼女の証言に基づき、例の路地、県道までの五百メートルのどこかで、江川瑠美は攫われたのだと捜査本部は考えていた。

しかし、そもそも、その証言が虚偽だったら?

そう思ったのが、発想の転換のとっかかりだった。

もしも江川瑠美が例の路地を歩いてなどおらず、別の場所で誘拐されるなり殺されるなりしていたのだとしたら、かの路地で物音を聞いたという証言がないのも頷ける。

仮にそうだとして、寺田和音はなぜ嘘の証言をするのか。

合理的な説明は「捜査を攪乱《かくらん》するため」と「彼女が犯人だから」しか思いつかない。

あの日、寺田和音は、割烹着を届けに来た江川瑠美を家の中に招き入れ、殺害してしまい、その死体を郊外の雑木林まで運んで捨てたのではないか。

知らない人の車に乗らないように教育されている子どもでも、友達の家にならは上がるだろう。友達の母親というのは、信頼に足る属性の人物のはずだ。

確信があったわけでない。推論に推論を重ねただけだし、第一、寺田和音が犯人だとしても動機がわからない。

でも凜子は自身の閃きに賭けてみたいと思った。寺田和音を任意で事情聴取することを、上原に進言した。上原も「まさか」と思ったようだが、他に有力な線があるわけでもなく、賛成してくれた。

寺田和音は貴重な目撃者だったわけだから、これまでも事情聴取をしてはいた。事件当日の行動も確認している。が、それは犯人である可能性を念頭に置かない便宜上の確認であり「ずっと一人で家にいた」という、第三者が証明できない証言を鵜呑《うの》みにしていた。

今回、凜子と上原が初めて、疑いを持った訊き方をしたのだ。

「あなたは、江川瑠美ちゃんが、家を出て左に歩いて行ったと証言していますが、本当ですか。その後、江川瑠美ちゃんを見たという人はいないのですが、もしかしてあなたは、なんらかの事情があって嘘をついていませんか」

するとと彼女は明らかに動揺した。

きっと、こんなふうに疑われることを想像していなかったのだろう。

そこから先は、あっけなかった。更に追及すると、彼女は開き直るように、江川瑠美殺害を自供した。

「あの女がいけないのよ！　私から祐司を奪おうとするから！」

寺田和音が語った動機は想像を絶するものだった。これが真実だとしたら、息子の寺田祐司からも裏を取らなければならない。まだ小学生の男の子を追い詰めるようなことをしたくはないのだが……。

かくして、凜子は寺田祐司に話を聞いている次第だ。

「祐司くん、あなたのお母さんは、瑠美ちゃんとあなたが仲よくしていることに、嫉妬したという意味のことを言っているの。あなたとは、その、親子としてではなく、恋人として愛し合っていたとも。……それは、本当なの？」

寺田祐司は、泣きながら頷いた。

「恋人って言うか、ママは僕が小さい頃から、毎日僕を裸にしてエッチなことを……でも段々、親子でそういうことするのは変だって気づいて……僕は六年になってから仲よくなった瑠美ちゃんのことが好きになって……もうママとはエッチなことはしないって決めて……」

凛子は、戦慄《せんりつ》を覚えながら、少年の話を聞いた。

どうやら寺田和音は、我が子に歪《ゆが》んだ愛情を抱き、性的虐待を繰り返していたようだ。最初のうちは何もわからず、身体的快楽に溺《おぼ》れていた寺田祐司だったが、成長するにつれて、母子でそのような行為に及ぶことは、きわめて異常なことだと知るようになった。ほぼ同じ頃、同級生の江川瑠美に対して恋心を抱き、親密（もちろん、こちらは肉体関係などない小学生らしい親密さだ）になってゆく。その中で、寺田祐司は母親との関係に悩むようになる。やがて同衾《どうきん》を拒否し、夜は自室で寝るようになったが、ときどきうなされていたらしい。ものごころつく前から母親から陵　辱《りょうじょく》されていた少年の心の傷は、察するにあまりある。

一方、寺田和音の方は、息子が自分を拒絶し始めたことに歪んだ不安と焦りを覚えた。偶然、駅前のバーガーショップに、寺田祐司と江川瑠美がいるのを見たことをきっかけに、息子の心変わりの原因が江川瑠美にあることに気づいた。

ついには逆恨みをして、江川瑠美を殺害してしまったという。

昨夜、上原の姉に呼び出されて聞いた話が滅茶苦茶気になって、ときどき頭を過《よ》ぎってしまうのだが、今はとにかくこの事件を解決することに集中しよう。

8

瑠美……江川瑠美……確か、クラス名簿に名前があったはず。

私は、日記帳の表紙にある名前は、あの女のものだと確信した。

祐司はあの女と交換日記なんてしていた。

中身は、テレビやゲーム、学校での話題が中心で、いかにも子どもっぽかったが、二人が親密で恋しあっていることは伝わってきた。

赦《ゆる》せない、絶対にぶっ殺してやる。

祐司は私のものなんだから！

十二年前、一人で祐司を生んだとき、私は運命を感じた。父親は、子どもができたと知ると責任も取らずに消えるような最低の男だったけれど、祐司はあいつとは正反対の最高の男になると私にはわかった。私の身体中が、全細胞がそう告げていた。

この気持ちが、母としての愛情ではなく、恋人としての愛情だと気づくのに時間はかからなかった。

私は祐司が精通する前から、身体の関係を持った。それが近親相姦と呼ばれるタブーであることなど気にもせず。最初のうち、幼い祐司は気持ちよさに囚《とら》われたからか、それこそ猿のように毎日したがった。

しかし、小学校の高学年にあがった頃から、段々拒否するようになり、ついには寝室を別けるようになってしまった。私は明らかに避けられていた。

普通の親子なら十二歳にもなれば、一緒に寝なくなるのだろうが、私と祐司は事情が違う。

何かあったのかと訝《いぶか》しんでいた頃、駅前のバーガーショップであの女と一緒にいるのを見つけた。

六年生になってから、祐司が〝刑事〟になったのは知っていた。役割演技《ロールプレイ》――いわゆるごっこ遊び――なのだが、さすがに六年生だけあって工夫があって、殺人事件を報じる学級新聞までつくって、町で〝捜査〟をしているらしい。祐司はときどき家に学級新聞を持ってくるので、私もなんとなく知ってはいた。

あの女もそのごっこ遊びで、祐司と刑事をやっているのだという。

祐司の態度が決定的によそよそしくなったのは、夜遅く、服を泥で汚して、帰ってきたあの日以来だ。おおかた、あの女と公園かどこかで遊んで来たんだろう。

殺す、絶対にぶっ殺す。

私は計画を実行に移すため、ひたすらチャンスを待った。

そして、来た。ついにその日が、来た。

その日は、祐司が塾に行っている金曜日だった。

あの女が、うちに来たのだ。のこのこと。祐司が教室に忘れた割烹着を届けに来たという。

「はじめまして。寺田くんと同じクラスの江川といいます」

あの女は、そんなことをしれっと宣《のたま》い、頭を下げた。

こっちはよく知っている。どうやら、偶然コンビニで見かけたとき、私があとを尾けたことには気づいてないようだ。

千載一遇のチャンスだ。殺《や》ろう。

私は頭の中で練り続けていた計画を実行することにした。

「ありがとう。よかったら、あがっていって」

間抜けなことに、あの女は私のことを疑いもせずに、家にあがりこんできた——。

9

被疑者、寺田和音の送検をもって、捜査本部は、解散となった。

事件解決に大いに貢献したということで、日下凜子は表彰を受けた。県警の刑事たちは一様に悔しそうにしており、溜飲も下がった。

刑事としての凜子にとっては最良の形で事件の幕は引かれた。

次は女としてやるべきことがある。

事件解決を祝して打ち上げをしましょうと、強引に上原を飲みに誘った。辰沢署員御用《ごよう》達《たし》の赤提灯に行こうとする上原を、辰沢駅の傍に一軒だけある半個室の洒落《しゃれ》た洋風居酒屋に連れて行った。

しばらく飲み食いして、ほどよくお酒が回ってきたところで凜子は切り出した。

「上原さん、上原さんは、私のことどう思っているんですか」

凜子は、問い詰める。

「え？」

上原は素《す》っ頓狂《とんきょう》な声をあげる。

「私、上原さんのこと、男性として素敵だと思ってますから！　てか、気づいてますよね」

「いや、あ、でも、俺なんてもうオッサンだし」

「そんなこと聞いてません。私のこと、どう思っているんですか」

「あ、それは……みどころのある後輩だと……」

上原は顔を真っ赤にしている。お酒のせいじゃないだろう。

ああ、まどろっこしい。もうネタはあがっているというのに。

今日も上原は左手の薬指に結婚指輪をはめている。数年前に、病気で亡くなった妻のことを思い続けているから外していないのだと思っていた。

が、そうではなかったのだ。

この間、深夜のファミレスで上原の姉、聡美が見せてくれた写真は、彼がリビングのテーブルの上に置きっぱなしにしていたという手帳だった。

聡美は事実婚のパートナーと県内の別の市に住んでいるのだが、少し前にそのパートナーと喧嘩して一時的に上原の家に居候していたという。

久しぶりに会った弟に仕事のことを訊くと、女性が署の刑事課に配属になったという。

このときの、話し方の微妙な違和で、聡美は弟がその女刑事のことを何やら気にしているんじゃないかと訝しんだ。

上原が携帯に保存していた懇親会のときの写真を見せてもらったところ、その女刑事は思った以上に若かった。それで、きっとこの女刑事が弟を誘惑しているに違いないと思ったという。聡美がパートナーと喧嘩した理由は、彼が若いキャバクラ嬢に借金してまで貢いでいたことが発覚したからだったので、つい、そういう発想になってしまったようだ。

ところが手帳を見て自分が誤解していたことに気づいた。

上原は手帳に日記をつけており、そこには、年甲斐もなく若い女刑事に懸想《けそう》してしまった自身の懊悩《おうのう》が綴《つづ》られていたのだ。しかも上原はその女刑事が、彼のことを憎からず思っていることに感づいていた。いわゆる両思いなのだが、上原は自分の気持ちを隠し通すことに決めたという。自分のような結婚歴のある中年男性では相応《ふさわ》しくないと思えたのと、職場恋愛がその女刑事の将来にマイナスに働く可能性を考慮したからだ。

だから、指輪も外さなかった。もう、とうに妻のことは思い出として吹っ切っているのに、未だに彼女を愛し続けているように振る舞っていた。その女刑事——凜子にだけでなく、同僚たちに対しても。一種の偽装工作だ。

聡美は、相手の気持ちも確かめず、勝手に結論を出す弟の態度に苛立《いらだ》ちを覚え、迷惑とお節介を承知で、凜子を呼び出して全部ぶちまけてしまった次第だという。反省したパートナーが、泣いて詫《わ》びを入れて来たので、翌日にはもう上原の家を出て帰るという事情もあったようだ。

確かに事件の捜査中に心を乱されたが、それ以上に、ありがたかった。

全然、脈あったじゃん！

すっかり上原の偽装工作に騙《だま》され、まだ亡き妻に気持ちが残っているのだと思っていた。

そんな上原に限って、自分を振り向いてくれるなんてことはないと思っていた。

でも、違った。

——明日からも後輩として普通に接してもいいし、捕まえてもいい。

あの日、聡美はそう言っていた。そんなもん、捕まえるに決まってる。

「女としては、恋愛対象としてはどうなんですか。アリですか？　ナシですか」

凜子はテーブルから身を乗り出し、上原に顔を近づけて問い詰める。

「いや、アリ、だけど……」

上原は逆接の接続詞で言葉を継ごうとする。

凜子は、それを遮《さえぎ》る。

「お互いアリなら、問題ナシです。私、上原さんのことも、刑事の仕事も、譲るつもりないですから！」

凛子は高らかに宣言した。

上原は、凛子の刑事としての将来を案じたらしいが、それは余計な気遣いというものだ。刑事同士で恋愛して何が悪いというのか。

公私の区別をしっかりつけて、結果を出しさえすれば、誰も文句を言えないはずだ。いや言わせない。

「は、はい……」

上原は気圧《けお》されたように頷いた。

よし。

どうやら前に見たあの恥ずかしい夢は、案外、正夢になりそうだ。

ガサ入れの朝

The Tragedy of the "W" Prefectural police

1

午前四時。空はまだ真っ暗だが、遠くの山の端にかすかに薄青の光が滲《にじ》んでいる。照明の消えた県警の駐車場には、地を這《は》うような冷たい風が吹き付けてきた。暦《こよみ》の上ではもう春になっているのだけれど、このくらいの時間はまだまだ肌寒い。

「あ、そうだ、木場《きば》さん、知ってました。辰沢《たつさわ》署の上原《うえはら》さん、日下《くさか》と結婚するって」

「え、本当に？　てか、あの二人付き合ってたのか？」

「いや、そうらしいんですよ。俺もついこないだ、同期会で日下から聞いて、びっくりしたんですけど」

ぼそぼそと小声で噂話に興じるのは、木場さんと近田《ちかだ》くん。二人とも、私と同じW県警本部鑑識課に所属する捜査員だ。配属順で言うと、ベテランの木場さんが一番先輩で、次が私、そして近田くんが一番後輩だ。

「千春《ちはる》さん、知ってた？」

近田くんは私に話を振ってきた。

「知ってたよ」

答えると、二人は顔を見合わせた。

「千春さん、今、知ってたって言った？」

「まあね」と、私は相づちを打つ。

二人が噂している辰沢署の凜《りん》ちゃん――日下凜子巡査長――は、私も所属している県警ランニングサークルのメンバーだ。

彼女は同じ署の先輩刑事である上原さんに片想いしていたけれど、ずっと打ち明けられずにいた。その当時から、彼女は私にだけこっそり、話していてくれたのだ。何となく、そういうポジションというか、キャラクターなのか、私は人からちょっとした〝秘密の話〟を打ち明けられることが、結構ある。別に大したアドバイスができるわけでもなく、いつもただ聞いているだけなのだけれど。

「半年くらいまえに、辰沢で女児殺害事件あったじゃないですか。その捜査がきっかけで付き合うようになったらしいんですよ」

近田くんが言った。

それも本人から聞いて、知っていた。ひょんなことから、上原さんも凜ちゃんを憎からず想っていることを知り、一気に押したのだという。付き合い始めてから結婚までは早かった。

心から、よかったね、と思う。と、同時に、少し羨ましかった。

好きな人——それは、何も恋人に限らず、友達でも、家族でも——と、一緒にいられることは、誰にとっても等しく喜びのはずだ。

けれど、私は……。

私の脳裏には、一人の男の姿が浮かんだ。

と、そのとき。駐車場の奥に停まった輸送車の前から、まさにその男の声が響いた。

「集合！」

「おっと、お呼びだ」

私たち三人は、輸送車の方へ向かい歩き出す。

今日、これから行われるのは、家宅捜索、いわゆるガサ入れだ。

主体となるのは、組対（組織犯罪対策課）で、私たち三人の「鑑識チーム」は、現場検証の応援として参加することになった。

輸送車の前に行くと、組対の捜査員たちが声をかけてくる。

「おはようさん」「よろしくお願いします」

私たちも「おはようございます」と挨拶を返す。

「お、千春さん、今日も参加してくれるんですか」

組対の若手、三宅《みやけ》くんが、私に気づいて言った。

「そりゃ、うちのエースだからね。野尻《のじり》さんのご指名だしね」

木場さんが何の気なしに言った言葉に、私の胸はざわめいた。

「千春さん、こないだは大活躍だったからな。今日も頼みますよ」

三宅くんは笑顔でそう言ってくれた。

でも裏腹に、私の胸はなお、ざわめいていた。

2

四ヶ月ほど前にあった組対のガサ入れにも、私は今日と同じように参加していた。このとき私は、ちょっとした活躍をした……と、いうことになっている。

でも、私はそれを素直に喜べないし、誇れない。むしろ失敗してしまったんじゃないかという疑念が、どうしても浮かんでくるからだ。

あの日踏み込んだのは、ここのところ県内で幅を利《き》かせるようになった『禁愚混愚《キングコング》』と称する半グレグループがアジトとして使っていたマンションの一室だった。

まるで暴走族のような名称だが、実際、十代までは暴走族をやっていた元不良少年たちがつくったグループらしい。

一昔前だったら、暴力団に加入していただろう若い不良が、ヤクザ社会の上下関係やしきたりを嫌い、彼らのように独立した犯罪組織をつくる事例が近年増えている。そのような集団を「半グレ」と呼ぶようになって久しい。

『禁愚混愚』の資金源は、警察やマスコミの用語では「危険ドラッグ」、流通の現場では「ハーブ」あるいは単に「薬《ヤク》」と称される違法薬物の売買だ。

これらの薬物の実態は、覚醒剤に他ならないのだが、従来から規制の対象になっているアンフェタミンやメタンフェタミンといった薬品とは、微妙に組成式が違い、取り締まるのが難しかった。ゆえにかつては「脱法ドラッグ」とか「脱法ハーブ」という名前で呼ばれていた時期がある。

しかし法改正により、覚醒剤類似薬物の包括規制がはじまり、これらは脱法ではなく、れっきとした違法薬物となった。その県内の摘発第一号として、組対は『禁愚混愚』を選んだのだ。

当然のことながら、ガサ入れで見つけるべき〝獲物〟は、その違法薬物、危険ドラッグだった。アジトに踏み込んですぐに、私がその隠し場所に気づいた。部屋の隅にあるソファの中だ。背もたれの部分の不自然な膨らみを、私は見逃さなかった。

探し物は、得意だった。

これはほとんど、生まれつきのものだと思う。きょうだいの多かった私の家では、子どもの頃、よく「宝探し」をして遊んだ。お母さんがどこかに隠した〝宝物〟を、きょうだいみんなで探すというゲームだ。このとき、どんなに難しい場所に隠してあっても、いつだって私は、姉さんや兄さんよりも先に、それを見つけることができた。

——すごい、千春のこれは才能ね！

お母さんは、よくそんなふうに言っていた。

生まれつき何かを上手にできる能力を才能というのであれば、私にはきっと、探し物の才能があるのだと思う。小さな違和や変化に敏感に気づいて、隠れているものを探し当てる、才能が。

そんなものが一般社会で役に立つかはわからないけれど、警察という組織に所属するようになった今、大いに役に立っている。実際、ガサ入れや現場検証で、隠されていた証拠物件を私が発見したことは、一度や二度ではない。

様々な鑑定をはじめとする科学捜査も鑑識課の重要な仕事だけれど、そっちの方面で自分が貢献できているとは思えない。でも、探すこと、見つけることなら、貢献できるし、きっと誰にも負けない。そういう自信が、私にはあった。

だけど……。

あのときの私は、その自信で目を曇らせてしまっていたのかもしれない。あるいは、絶対に〝獲物〟を見つけてやるんだと、功を焦りすぎていたのかも。

「あそこです！」

私は部屋に入るなり、そのソファに駆け寄った。

今から思い返せば、私は、かすかにではあるが、もう一つの違和感に気づいていたのだ。踏み込んだときに、部屋にいた四人の男。『禁愚混愚』のメンバーたち。そのうちの一人、ベッドの上で毛布にくるまっていた坊主頭の男が発していた剣呑な雰囲気に。冷静によく観察していれば、その坊主頭が毛布の中に凶器を隠し持っている可能性にだって気づけたはずだ。

けれど私は本来の〝獲物〟である危険ドラッグに気を取られすぎていた。

だから私が危機を察知したのは、他の捜査員たちとほぼ同時。坊主頭がそれを構えて立ち上がったときだった。

彼が手にしたものは、銃だった。

坊主頭は引き金を引き、次の瞬間、一人の捜査員がうずくまった。

普段から銃器犯罪を担当する組対はさすがと言うべきか、捜査員たちは仲間が撃たれたことにも混乱せず、すぐに坊主頭は取り押さえられた。

不幸中の幸いと言うべきか、くだんの捜査員が撃たれたのは足で、しかも当たりどころがよく、重傷にはならなかった。

撃たれた捜査員を含め、私が銃に気づかなかったことを責める人は誰もいなかった。『禁愚混愚』が銃器を所持しているという情報はなく、誰も気づかなかったのだから、当然と言えば当然かもしれない。むしろ、危険ドラッグのありかをすぐに見つけたことが、お手柄ということになった。

でも、私の胸には忸怩《じくじ》たるものが残った。だって、気づけたはずなのだから。

気に病んでも仕方ない、自分は自分の仕事をきっちりやったのだから、それでいいじゃないか。あの件は不幸な事故と思い、うじうじ悩まずに切り替えよう。――そう、思った方が吉なのはわかっている。けれど、思いどおりに思えたら世話はない。

しかも、そのとき撃たれた捜査官がよりによって――。

3

呼んだ。

「千春」

　その人――四ヶ月前のガサ入れのとき撃たれた捜査官――野尻恒之《つねゆき》警部が、私のことを呼んだ。

　野尻さんは現在、組対の課長補佐を務めており、今日のガサ入れを仕切るのも彼だ。

「はい」と、私は返事をした。

　野尻さんは私に声をかけてくるけれど、こちらに近づいてこようとはしない。私の方も彼に近づかない。まるでそこに、〝壁〟があるように。否、事実あるのだ。実在はしないけれど、私たちの心の中に。決して踏み越えてはいけない無色透明の〝壁〟が。

「今日もよろしくな」

　野尻さんは、〝壁〟を挟んだ数メートル先から笑みを浮かべて言った。

　私の胸は、ますますざわめく。久々に野尻さんの顔を見られた喜びと、それと裏腹の寂しさと、そして申し訳なさで。

　素直に白状してしまえば、私は彼のことが好きなのだ。ただ、この「好き」は、凜ちゃんが上原さんに抱いたような、恋愛感情とは違う。野尻さんはもう定年間近の大ベテランで、お孫さんがいる歳《とし》だ。いや、もちろんそのくらいの年齢だって、恋愛の対象になりうるかもしれないけれど、私と野尻さんはそういうのではない。

私たちが初めて出会ったとき、野尻さんは刑事総務課で内勤をしていた。当時、仕事の上では鑑識課の私とはほとんど接点がなかったのだけれど、くだんのランニングサークルで知り合った。学生時代には箱根を走ったこともあるという野尻さんは、このサークルの発起人の一人だったという。

面倒見のいい野尻さんは入ったばかりの私とよく一緒に走ってくれ、その道すがら、いろいろな話を聞かせてくれた。子どもの頃の思い出から、陸上競技に熱中した学生時代のこと、警察官の道を志したこと、交番勤務時代の苦労話、刑事になり長年現場で捜査に携わっていたこと、奥様との出会いや、お子さんや、お孫さんができたときのこと……。

どれも秘密というほどのこともない、言ってしまえば他愛のない身の上話だったのだけれど、野尻さんは元来無口で、あまり人にこういう話をしないのだという。「何だかな、千春といると昔のことをよく思い出すんだ。いろいろ話しやすいんだよな。悪いな、俺の独り言を聞かせちまってさ」なんてよく言っていた。

悪いなんてとんでもなかった。私は私で、野尻さんの話を聞いていると、とてもほっとするというか、心地よい気分になれたのだ。これは相性なのだと思う。

そんな時間を過ごすうちに、私は野尻さんのことが好きになっていた。

この「好き」は、たぶん家族に対する「好き」に近い。野尻さんの方も、そういうふうに私のことを思っていたはずだ。

けれど……。

あるとき、ちょっとしたきっかけがあり、私たちは疎遠になった。野尻さんは私を避けるようになり、私の方でも、野尻さんを避けざるを得なくなった。

別に何かで喧嘩したわけではないし、互いの気持ちが変化したわけでもない。野尻さんの奥様が私たちの仲を誤解して云々とか、そういうややこしい事情でもない。そのきっかけというのは、比較的ありふれた、本当に些細《ささい》なことなのだ。けれど決定的なことでもあった。以来、私たちの間に相互不可侵の見えない〝壁〟ができてしまった。

やがて野尻さんは、ランニングサークルにもほとんど顔を出さなくなった。「もう歳だから、走るのもしんどいんだよ」と周囲には言っていたらしいけれど、たぶん、私と顔を合わせないようにするためだ。

内勤の野尻さんとは、サークルの他に接点はなかったし、彼はもうすぐ定年だ。だから、このままもう二度と会うことはないのかなと思った。

しかし、その直後、組対の課長補佐だった警部が、趣味の登山中に事故死してしまい、その後釜に野尻さんが現場復帰して納まることになったのだ。

野尻さんは管理職になってから現場を退《しりぞ》いたが、もともとは捜査畑を歩いてきた刑事であり、人望もある。定年間際ではあるが、つなぎとしてはごく妥当な人事と言えるだろう。

かくして、私たちは頻繁にではないが、こうして現場で顔を合わせることになった。そんなとき、野尻さんは私に普通に接してくれるけれど、決して〝壁〟を踏み越えてはこない。もちろん、昔のように世間話をするようなこともない。

それでも、私は野尻さんを「好き」という気持ちをまだ抱いていた。たとえ、以前のように親しくすることはなくても、是非彼のために役に立ちたいと思っていた。ガサ入れの応援であれば、探し物が得意な私はきっと貢献できるのだから、と。

そんな気持ちが、きっと私に功を焦らせたのだと思う。そして野尻さんは足を撃たれてしまった──。

「よし、全員揃《そろ》ったな。行くぞ」

野尻さんの号令で一同は輸送車に乗り込んでゆく。

そのとき、野尻さんが足を引きずっているように見えた。あの日撃たれた方の足を。傷は浅く松葉杖のお世話になることもなく、完治したと聞いている。だから本当に引きずっているのか、私の鬱屈《うっくつ》がそう見せているのか、よくわからない。

でも、あのとき……。

例の坊主頭が構えていた銃は最初、私の方を向いていた……はずだ。坊主頭はきっと、危険ドラッグの隠し場所に向かって走ってゆく私を撃とうとしたのだ。

野尻さんは、その射線上に飛び込んできた。一瞬のことだったし、混乱していたから、坊主頭がとりあえず銃を撃ち、それがたまたま、野尻さんに当たったようにも思える状況ではある。

でもたぶん、いや、間違いなく。野尻さんは私のことを守ってくれたんだ。〝壁〟の向こう側から。

私は役に立ちたいと思った相手に、助けられてしまったんだ。

4

ガサ入れに参加する捜査官たちを乗せた大型輸送車は、ゆっくりと県警の駐車場を出てゆく。

私と木場さん、近田くんの鑑識チームは、一番後ろのシートに並んで座った。

「野尻さん。足はもう、大丈夫ですか」

前の方の座席で野尻さんの隣に座った捜査員が、労《いたわ》るように尋ねるのが聞こえた。

「ああ、幸い、かすった程度だったからな。何ともないさ。このくらいで音《ね》を上げていたら、熊倉《くまくら》くんに笑われちまうよ」

熊倉くんというのは、前任の課長補佐、熊倉哲《てつ》警部のことだ。熊倉警部はきわめて優秀かつ、品行方正で〝警察官の鑑《かがみ》〟と称されていた名刑事だった。ベテランの野尻さんが、後釜に据えられたのには、同世代や年下の者では熊倉警部のあとはやりにくいというのも、あったと言われている。

熊倉警部と言えば、その娘、清《せい》ちゃんこと熊倉清巡査も、ランニングサークルに入っている。前に一緒に走ったときに、彼女は妙なことを言っていた。

――うちのお父さんね、本当は事故死じゃないんだよ。

悲しくて父親の死をまだ受け入れられていないのかもしれない。それ以上は何も言わなかったので、私も何も言ってあげられなかったのを悔やんでいる。

閑話休題。

野尻さんと捜査員の会話は続く。私はついつい、聞き耳を立ててしまう。

「今日はきっちり、落とし前つけてやりましょうね」

「ああ。借りは返さないとな」

落とし前、借りを返す——。

あるいは私にとっても、そういう意味があるのかもしれない。

今日のガサ入れは、野尻さんが撃たれた四ヶ月前の『禁愚混愚』相手のガサ入れと無関係ではない。

あのとき、坊主頭が撃った銃は、普段から銃など見慣れている組対の捜査員たちを驚かせるのに十分なものだった。私や、のちにそれを分析することになった鑑識の面々も、あんな銃を見るのは、初めてだった。

その銃は、銃身もグリップもずんぐりとしていて、何ともコミカルな形状をしていた。そのうえ金属ではなくプラスチックのようなクリーム色の樹脂でできていた。質感はなんとも安っぽく、重厚さの欠片《かけら》もなかった。一見して、銃は銃でも玩具の銃に見えた。いや、最近の玩具の銃の方が、よっぽどそれっぽく見えるかもしれない。もしも映画やドラマの小道具としてこの銃が出てきても、締まらないだろう。

が、この玩具のような安っぽい銃は、紛れもなく実銃なのだ。樹脂製のため強度はなく、一度か二度使えば壊れてしまうが（事実、野尻さんを撃った銃はその一回の発砲で壊れてしまった）、きちんと実弾を飛ばすことができて、十分な殺傷能力を備えている。言わば、使い捨ての銃だ。そんなもの、これまでに県警の誰もが、見たことも聞いたこともなかった。

それもそのはずで、これは3Dプリンターによって自作されたものなのだという。造ったのは『禁愚混愚』ではなかった。最近、県内で頭角を現してきている『メイカーズ』なるグループが、製造をはじめ、彼らはその「試供品」を買ったのだという。

県内に銃の密造グループが存在する——この事実は、我がW県警に激震を走らせた。これはW県に限ったことではないが、日本に於いて銃というのは、外から持ち込まれるものだった。ゆえに銃器の取り締まりは、基本的に水際作戦となり、如何《いか》にして国内に銃器を持ち込ませないかに主眼が置かれていた。

しかし国内で製造できるとなると、前提が変わってきてしまう。

しかも驚くべきは、その価格だ。

逮捕した『禁愚混愚』の面々によれば、『メイカーズ』は一丁わずか三～五万円で売る予定なのだという。通常、裏社会で密売される銃の相場は、五十万前後。高いものは百万を超えるし、どんなに安くても三十万はするはずだ。そのおよそ十分の一である。いくら使い捨てとはいえ、完全な価格破壊だ。

もしこれが本格的に量産され始めたら、一気に広まる可能性がある。何としてもそれは、阻止しなければならない。

その『メイカーズ』なるグループの実態把握と、密造現場の割り出しは、W県警全体の最重要課題となった。

主に組対と刑事課による情報収集によれば、案の定と言うべきか『メイカーズ』は、既存の暴力団とは結びついていない集団で、活動を始めたのはごく最近のようだった。メンバーは二十代の若者ばかりわずか三人だけ。東京の名門大学を卒業したリーダーの金原《かねはら》という男が、W県に出戻ってきて、高校時代の友人たちに声をかけて結成したらしい。

非暴力団系の若い犯罪組織という定義からすれば、『メイカーズ』も『禁愚混愚』と同じ半グレだ。しかし毛色はずいぶん違う。

『禁愚混愚』のメンバーはみな元暴走族という、わかりやすい不良だが、『メイカーズ』はリーダーだけでなく、他二人のメンバーもともにかなり偏差値の高い大学を卒業しており、過去に補導歴がある者もいないという。

彼らがどんな鬱屈《うっくつ》を抱え、銃の密造などしようと思ったのかはわからないが、短期間で殺傷力のある銃を造ったことは驚嘆に値するだろう。ただそれほどの技術力を持つ一方で、彼らは犯罪者としてはアマチュアだった。ゆえに、県警が存在に気づき、総力を挙げて調べていたところ、すぐにメンバーからアジトまですべてが明らかになった。

このことは、警察だけでなく、彼らにとっても幸運なことだったのかもしれない。なぜなら、彼らの銃が本格的に出回り始めたら、既存の暴力団が黙っていないからだ。銃の市場価格を破壊する『メイカーズ』は、あっという間に潰されて、彼らの死体が海に浮かぶことになるだろう。

彼らを逮捕することは、彼らを助けることでもあるのだ。

車は県道を走り、山間《やまあい》のトンネルを抜けて香戸《こうど》市へと入ってゆく。四方を山に囲まれた盆地で、県内では一番面積の広い市である。

ふと窓の外に目をやると、前方の歩道を走るジャージ姿二人組の背中が目に入った。いや、走っているというより、歩いているといった方が正しいだろうか。おそろいのジャージとニットキャップを被《かぶ》ったお爺さんとお婆さん。きっとご夫婦なんだろう。

車はあっという間に、その背中に追いつき、追い越してゆく。

「最近、走ってないなあ……」

私はつぶやいた。

「え、千春さん、今なんか言った？」

隣の近田くんが、こちらを向いた。

「ん、最近、外を走ってないって言ったのよ」

近田くんはきょとんとした。

「何でもない」

私は窓の外に視線を戻した。もう老夫婦の姿は見えない。

県警のランニングサークルはあくまで趣味の集まりであり、半《なか》ば仕事の一環でもある柔道部や剣道部ほど活発に活動していない。一応、活動日は定められているけれど、忙しいメンバーが多いと、流れてしまうこともある。実際、ここ一ヶ月ほどは活動していなかった。

警察に入ってくるような者は大抵、身体《からだ》を動かすことが好きだ。御多分に漏れず私もそうで、私の場合は走るのが好きだった。特に、トラックをぐるぐる回るのでもなく、誰かと競うわけでもなく、外の街やクロスカントリーのコースなんかを、景色を楽しみながら走るのが大好きだ。そういう機会は、サークルの活動以外にはなかなかない。

——自然の中を走っているとね、解放されるような気分になるんだ。

いつだったか野尻さんがそう言うのを聞いて、すごくよくわかるような気がした。

私は視線を車内に戻し、野尻さんのいる前の方に向ける。声で、隣の捜査員と雑談を続けているのはわかるが、私のいる位置からその顔は見えない。

野尻さんと私の間に〝壁〟ができたのは、どちらのせいでもない。野尻さんに悪気があったわけじゃないし、もちろん、私にだってない。一応、原因と呼べるきっかけがあることはある。けれど、あれは避《さ》けがたいことだった。どんな形であれ、私たちが出会い、仲よくなり、一緒に過ごす時間が増えていけば、必ずこうなってしまったのだと思う。

どうしようもないことだったんだ。

でも、もし野尻さんが私と距離を置くために、サークルを辞めたのだとしたら、私は彼から貴重な時間を奪ってしまったのかもしれない。

私は、野尻さんに迷惑を掛けてばかりだ――。

自罰的な思いが湧いてくる。こんなふうに考えても、何にもならないことはわかっている。

いけない。とにかく、目の前の仕事に集中しなきゃ。

今の私に何かできることがあるとすれば、今日のガサ入れで少しでも貢献することだけじゃないか。前回のような失敗をせず、今回こそ役に立つんだ。

私はブンブンと首を振り、雑念を振り払おうとする。

「あれ、どうしたの千春さん、どっかかゆいの？」

一切の事情を知らぬ近田くんが脳天気に尋ねてきた。

私はじとっと、睨《にら》んでやった。

5

輸送車は香戸市の中心地へと入ってゆく。空は少しずつ白み始めているようで、窓の外には街の景色がうっすら浮かび上がってきた。

輸送車は、左右にマンションやビルが建ち並ぶ目抜き通りを進み、全国チェーンの衣料品量販店の手前で停まった。

その店の先にある角を曲がった路地に、四階建ての雑居ビルがある。その三階に入っている『阿久津《あくつ》インダストリー』という会社が、『メイカーズ』のアジト、これからガサ入れをかける先だ。

野尻さんが先行してビルの近くで張り込みをしている捜査員と無線で連絡を取ったあと、席を立ち、車内の捜査員たちに向かって呼びかけた。

「みんな、聞いてくれ」

捜査員たちは野尻さんに注目する。

「『メイカーズ』のメンバー三人は、昨夜建物の中に入ったまま出てきていないそうだ。

ここまで連中が行動確認に気づいた様子はない。まさか、こんな朝っぱらからガサが入るとは思っていないだろう。不意をついて、一気に証拠物件を押さえるぞ。スピードが勝負だ。気合いを入れてくれ！」

「はい！」と、返事をする捜査員たちの声が揃った。

今回のガサ入れでは、彼らが銃の密造を行っている証拠を押さえることができるかどうかが成否の分かれ目になる。具体的には、製造に使う３Ｄプリンター、材料の樹脂、設計図、そしてできあがった銃の現物。この四点を押さえて、初めて成功、銃の密造を事件として立件できる。

中でも重要なのは銃の現物だ。

たとえ、３Ｄプリンターがあって、材料があって、設計図まであったとしても、現物がなければ銃を密造した証拠とは言い難い。現物は絶対に押さえなければならないのだ。

張り込みは一週間ほど続けているが、電気メーターの回り方などから、アジトの中で電力を使った何らかの作業が行われていることは間違いなく、かつ、『メイカーズ』のメンバーが何かものを持ち出した形跡は見られていない。このことから、密造した銃が今アジトにあることは確実視されていた。

「行くぞ！」

野尻さんの号令で、捜査員たちは順に輸送車から降りてゆく。私たち鑑識チームも一番最後に車を降りた。

外に出てからは誰もひと言も喋らない。

野尻さんは全員が車から降りたことを確認すると、「こっちだ」というようにビルの方角を指さし、一同を促した。

捜査員たちは、走らず極力物音をたてぬようにして、足早にビルに向かう。私たちもそれについてゆく。

奇襲において最も重要なのは、相手に気取られないことだ。

ビルの入り口はオートロックのエントランスになっている。先頭の野尻さんがエントランスの自動ドアの前でしゃがみ込むと、懐から鍵を取りだした。ビルの管理会社から借り受けたマスターキーだ。床から近い低い位置についている鍵穴にそれを差し込むと、自動ドアは音もたてずに開いた。

ビルの管理会社には事前に事情を説明し、今日のガサ入れでは全面的な協力を取り付けている。

一同は、ビルの中に入ってゆく。そしてエレベーターを使わず階段を上る。逸《はや》る気持ちを抑え、息を殺し、足音を忍ばせゆっくり、一段、一段。

やがて三階にたどり着く。

階段とエレベーターのある狭いホールから短い廊下が延びており、その左右にそっけないスチール製のドアがあった。このうち、片方には『阿久津インダストリー』と書かれた、真新しいプラスチック製のプレートがついていた。

一見したところ、妙なところなど何も感じさせない、ごく普通の小さな会社といった風情だ。表向きは、フィギュアの製作をするベンチャーということになっているらしい。

ドアの前に捜査員たちが鈴なりになる。

この向こう側にいる三人は、まさか、警察が会社の目の前に大挙しているとは思っていないだろう。

野尻さんが手で合図をすると、組対の若手捜査員――三宅くんがインターフォンの正面に立った。他の者たちは、左右に避《よ》けてカメラには三宅くん以外は映らないようにする。

三宅くんは、今日はやや派手目のスカジャンにニットキャップという出で立ちだ。『メイカーズ』の噂を聞きつけてやってきたチンピラを装うのだ。

三宅くんがベルを押すと、しばらくしてインターフォンから〈誰?〉という声が聞こえた。

「よう、あんたら『メイカーズ』だろ? いいもん造ってるって話、聞いてさ。取引したいんだ。中入れてくれよ」

すると、しばらく沈黙が流れたあと、声は答えた。

〈何のことだ？　うちは『阿久津インダストリー』だよ。間違いだろ〉

さすがに、これで簡単に扉を開けるほど、馬鹿ではないようだ。

三宅くんが、すぐ傍《そば》でしゃがみ込んでいる野尻さんに目配せをする。野尻さんは懐から、紙を一枚取り出し、三宅くんに渡した。

三宅くんはそれを受け取ると、インターフォンの前に掲げながら言った。

「そうかい。じゃあうちは警察だ。『阿久津インダストリー』さん、これから家宅捜索させてもらう。こいつが令状だ。よく確認してくれ」

『やばい！　ガサだ！』という声が漏れたかと思うと、インターフォンは切れた。

「突入だ！」

野尻さんが腰をあげて、怒鳴った。

三宅くんが、管理会社から借りた鍵をドアの鍵穴に突っ込んでひねる。ガチャッと音が響いて鍵が開いた。しかし、ドアは開かなかった。おそらく内側にかんぬき式の鍵を取り付けているのだ。

「どけ！」

他の捜査員二人が三宅くんを押し退《の》けてドアに張り付いた。彼らは金属加工用のドリルと、グラインダーを持っている。二人はそれらをドアにあてがい、作動させた。

モーター音と金属音が入り交じった凄まじい轟音が鳴り響く。彼らの手元に時折火花が散り、金属粉が辺りに舞う。

「急げ！」「早くしろ！」

スピード勝負——先ほど野尻さんが言ったように、今回のガサ入れは、どれだけ早く踏み込めるかで、明暗が分かれる可能性が高い。

3Dプリンターで造った樹脂製の銃が通常の銃と違うのは、耐久性や製造コストだけではない。樹脂は金属よりも簡単に溶かすことができる。つまり処分がきわめて容易なのだ。鑑識課による検証実験では、特殊な溶剤を使い加熱すれば、完成品の銃を最短十分ほどで完全に溶かすことができた。

そして完全に溶かされてしまえば、その樹脂が密造した銃であったことを証明するのが不可能になる。

つまり十分以内にこのドアを開かなければ、証拠を隠滅される恐れがあるのだ。

果たして、グラインダーを持っていた方の捜査員が「よし、行けるぞ！」と叫んだとき、まだ五分ほどしか経過していなかった。

捜査員がドアを蹴飛ばした。鍵を破壊されたドアが勢いよく開いた。捜査員たちがなだれ込む。私たちもそれに続いた。

6

しかし、そこに銃はなかった。

「動くな！」

「何にも触れるんじゃない！」

怒号が飛び交う。玄関からあがってすぐ、事務所スペースの窓際に三人の男たちがいた。事前に入手していた写真と同じ顔。彼らが『メイカーズ』だ。こうして見ると、まだあどけなさすら残しており、ごく普通の若者のように見える。

「な、何なんですか、こんな朝っぱらに！」

彼らの一人が声をあげた。リーダーの金原だ。

「おまえらには、銃器密造の容疑がかかっている！」

野尻さんが怒鳴った。

「じゅ、銃？　そ、そんなもの、造ってませんよ」

金原はしらを切った。

「嘘をつけ！　そこのそいつで造ったんだろうが！」

捜査員の一人が指を差した先には、広い作業机があり、その上に、大きな機械が置いてあった。周りに樹脂らしき粉が散らばっている。あれが3Dプリンターだろう。

「造ってませんって。どこにそんな証拠があるって言うんですか」

「そいつをこれから見つけてやる。いいから、そこで黙って見てろ。一歩も動くな！」

野尻さんが一喝した。

捜査員たちは、一斉にフロア内の捜索を始めた。キャビネットの中、隅に積んである段ボール箱、事務所の隣にあるキッチン、トイレ。私たち鑑識チームもそれに加わる。

しかし銃は見つからなかった。

材料となる樹脂と、その樹脂で造ったフィギュアは大量にあったが、肝心の銃はどこにもなかった。

「てめえら、どこに銃を隠しやがった！」

組対の強面《こわもて》の捜査員たちが、金原に凄む。

「だ、だから、造ってないものを隠したりなんてできませんよ！　僕らは、そこのフィギュアを造っているだけの真面目なベンチャーですから」

金原は言い返した。

彼をはじめ『メイカーズ』の三人は、踏み込まれたときから一歩も動いておらず、妙な動きもしていない。

捜査員たちは、みな、懸命に探しているが、やはりどこにも隠してある様子はない。造りかけのものや、試作品らしきものもない。

中になければ外かと、数名の捜査員がビルの周囲を探ったが、窓などから投げ捨てられるような範囲には、何もなかった。

探し物なら誰にも負けないと自負する私にも、銃の隠し場所を察知することはできなかった。

だとしたら、やはり溶かしたのか。しかし『メイカーズ』の連中がガサ入れに気づいてから、こちらが踏み込むまでに要した時間はせいぜい五分。これだけの短い時間では、溶かすのは不可能だ。融解途中の銃もどきが、どこかになければおかしいが、それもない。

「ほ、ほら、何も出てきやしませんよ。いい加減にしてくださいよ、こっちは、納期直前で忙しいっていうのに、これじゃ営業妨害だ」

金原はフロアを探す捜査員たちをしり目に、挑発的なことを言う。

その様子からは、言葉ほどの余裕を感じられない。声はどこか震えているし、汗ばんだ顔には緊張が張り付いている。金原以外の二人に至っては真っ青だ。

それがすべてを物語っていた。

やはり彼らは造っている。ここで、このアジトで銃の密造を確かにしていたのだ。そして、造った銃をこの短時間でどこかに隠した――。

「おい、ガキども！　舐めんじゃねえぞ！　銃はどこだ」

捜査員の一人が摑《つか》みかからんばかりの勢いで怒鳴り散らす。

「し、知らないって言ってるじゃないですか！　こ、こんな濡れ衣着せて、あまりに横暴じゃないですか。こっちは、ちゃんと納税もしている市民ですよ！」

「歌ってくれるじゃねえかよ。ああっ？」

「な、何ですか。本当にいい加減にしてくださいよ。なんなら、出るとこ出てもいいんですよ！」

捜査員が銃を見つけられないことで、金原は図に乗ってきているようだ。

「くそ……」

野尻さんは、いまいましげに唸《うな》りながら辺りを見回している。

事務所スペースの隅を探していた私と目が合った。

「千春！」

野尻さんはこちらに大股で近づいてきた。〝壁〟を越えて。

そして、私の目の前まで来ると、かがみ込んだ。

野尻さんがここまで私に近寄ってくるのは、本当に久しぶりだ。

大丈夫なの？

そんな私の心配をよそに、野尻さんは言った。

「頼む、助けてくれ。何か、わからないか。俺たちには無理でも、おまえにだけわかる何かが、ないか」

野尻さんの言葉は、私への期待をはっきりと示すものだった。

私は野尻さんの様子を窺《うかが》う。

その顔には脂汗が浮かんでいた。心なしか、顔色が悪い気がする。

私に近づいたから体調が悪くなったんだろうか。

そう思っていると野尻さんは、突然、二、三度、咳《せ》き込んだ。

いけない。

私は飛び退くように、野尻さんから離れる。

「大丈夫ですか？」

傍にいた捜査員が駆け寄る。

「だ、大丈夫だ」

野尻さんも、少し後じさるように私から遠ざかる。けれどその目はまっすぐ私を見つめていた。「頼む」と言っていた。

私は奮い立つ。

野尻さんは〝壁〟を越えてきた。我が身の危険を省みず、私たちの間に立ちはだかるあの〝壁〟を踏み越えてきた。

今度こそ、あの人の力になりたい。役に立ちたい。理性でなく本能で、そう思った。

私はそういう生きものだ。よく猫と比較されるけれど、あの気まぐれな動物と違い、一度好きになった人間を家族のように捉え、忠誠を尽くす。だからこそ、人間のパートナーとして様々な場面で活躍できるのだ。

「わかりました！　絶対に見つけます！」

私は宣言した。

「お、おい、今こいつ、なんて言ったんだ？」

「そんなの、わかりませんよ」

私の傍《かたわ》らにいた、木場さんと近田くんが首をひねった。

二人には、いや、この二人に限らず、野尻さんでも誰でも、人間には私の言っていることはわからない、通じない。

私は二人を無視して、一度目を閉じて鼻先に意識を集中する。

頼りは、臭いだ。

どこかに銃が隠してあるとすれば、そこからは樹脂が発する独特のケミカルな臭いがするはずだ。それを嗅ぎ分ける。

人間の一億倍も鋭敏な嗅覚を持つ私ならそれができるはずだ。

集中しろ、集中しろ、集中しろ――。

小さな頃から、探し物は得意だった。〝お母さん〟と呼ばれていた女性の飼育員が隠した宝物を一番最初に見つけるのは、いつだって私だった。私としては遊びのつもりだったけれど、あれは訓練だったのだ。

ものごころつく前から、私はそうやって、鍛えられてきた。たくさんのきょうだいたちと一緒に。そして、選ばれた。訓練所の試験で一番いい成績を収めたから、ここにいるのだ。

警察犬として。

刹那、私の鼻腔《びこう》の嗅細胞がその臭い分子をキャッチした。私は鼻面《はなづら》をそちらに向ける。

同じ臭いを発している樹脂の粉やフィギュアは、ない。でも、間違いない。ほんのかすかにだけれど、確かに漂ってきている。

窓、否、窓の外だ。

この臭いは外から漂ってきている。銃は部屋の中じゃなく、外にあるんだ。

考えてみれば、それしかない。さほど広いとも言えないこのフロアのどこかに、誰にも見つからないように隠すのは不可能に近い。さりとてあの短時間で、銃を溶かすことはなお不可能だ。だとすれば、外だ。外に投げるのなら、短い時間でもできる。

私は窓に近づいた。

「あ、千春さん？　そっち？　え、外？　外にあるの？」

近田くんも一緒に窓から外を覗《のぞ》く。

しかし、先ほど別の捜査員たちが調べたとおり、地面には何も落ちていない。どこかに引っ掛かっている様子もない。

「何もないみたいだけど……」

でも、臭いは外からしている。他の誰にも感じ取れないだろうけれど、私にはわかる。

私はゆっくりと鼻先を動かして、臭いの元を探った。

下の方にはない。この臭いはむしろ上の方から――。

――あそこだ！

私は回れ右をして駆けだした。

「え？　千春さん？」

私はフロアを出て行く。

そして、走る、走る、走る。

ビルの階段を駆け下り、ロックが解除されたままのエントランスを抜けて、外に飛び出す。私の鼻は一度捉えた臭いを見失わない。その源へ向けた一条の道がはっきりとわかる。

走る、走る、走る。

走ることは、好きだ。大好きだ。今、仕事中だとわかっていても、DNAに刻まれている、走ることの喜びが、胸にあふれる。

私は県警のランニングサークルに「特別会員」として所属することになり、メンバーたちのランニングにもよく付き合っている。それは大歓迎だった。そういうポジションというか、動物相手の気安さからか、メンバーたちは一緒に走っているとき独り言のように、私にいろいろな話を聞かせてくれた。

野尻さんも、そんな一人だった。ただし彼は、人一倍私のことを可愛がって、世話をしてくれた。子どもの頃、実家で大きな垂れ耳の犬を飼っていたとかで「千春といると昔のことをよく思い出す」とのことだった。

そんな私たちの蜜月は長くは続かなかったのだけれど……。

『メイカーズ』のアジトがあったビルから三百メートルほどのところだろうか。六階建ての、マンション。

ここだ。

ビルの裏側に鉄製の非常階段がついていた。私はそれを上ってゆく。

臭いが濃くはっきりとしてくる。すぐそこだ、銃はすぐそこにある。

探すこと、見つけることこそが、私の仕事。だから、私は鑑識課に所属している。けれど木場さんや近田くんみたいに、鑑定や科学捜査はしない。というより、できない。

一番上まで階段を上ってゆくと、そこは扉のついた金網で閉ざされていた。でも、問題ない。このくらいの金網ならよじ登って跳び越える訓練を何度もしている。

私は金網を越えて、屋上に出て行った。

果たしてそこに、それはあった。

青いポリ袋。その中から、ぷんぷんと樹脂の臭いがした。口のところから少しだけ中身が見える。玩具のような、あの密造銃が確かに入っている。

そのポリ袋は、四つのプロペラが付いた小型の飛行機――ドローンにくくり付けられていた。

あれだ。『メイカーズ』の三人は、あれを使って、銃をここまで飛ばしていたんだ。だから、五分足らずで証拠の隠滅ができたのだ。

私は、「見つけたー！」と大声で叫んだ。

まあきっと、人間の耳には「ウオーン」という、遠吠えに聞こえるのだろうけれど。

7

ガシャガシャという音がして振り向くと、数人の捜査官たちが金網をよじ登って屋上に入ってくるのが見えた。私のあとを追ってきたようだ。近田くんと木場さん、それから野尻さんの姿もあった。

最初に屋上に降り立った近田くんが走ってきて、私の傍らにあるドローンと、それにくくり付けられているポリ袋の中の銃を確認した。

「あった！　ありました、銃です、密造銃です！」

近田くんは、あとからやってくる野尻さんたちに向かって叫んだ。

「千春、千春号！　よくやってくれた！」

野尻さんは、満面の笑みを浮かべながら、小走りでこちらに近づいてくる。千春号――

というのが、私の正式な呼び名だ。

野尻さんは、またも〝壁〟を越えて私の目の前までやってくると手を伸ばし、私のことを抱きかかえようとした。

いけない。また発作が出たらどうするの。

私は、すっと身をかわし、自ら〝壁〟の外まで離れて野尻さんと距離をとった。

「はは、野尻課長補佐、千春さんに振られちゃいましたね」

近田くんが言った。

すると野尻さんは苦笑した。

「違うよ。千春号は、俺のアレルギーをわかっているから、ああやって距離を取ってくれてるのさ」

そう。野尻さんは、私のことを世話している間に、ペットアレルギーを発症してしまったのだ。アレルギーというのは、その原因物質であるアレルゲン（つまり、私の体毛や唾液に含まれる物質だ）が体内で蓄積されて、ある閾値《しきいち》を超えたとき発現するらしい。野尻さんの場合、子どもの頃に犬を飼っていたときは、まだこの閾値まで届いておらず、ランニングサークルで私と接するようになって超えてしまったようだ。

私たちは仲よくなり、一緒に過ごす時間が増えていけば、必ずこうなってしまう運命だったのだ。

以来、野尻さんは私に近づくと咳などの発作が出るようになってしまった。アレルギーは馬鹿にはできない。場合によっては命に関わってしまう。

だから、〝壁〟が必要だった。その厚さはおよそ三メートル。私が振りまくアレルゲンが、野尻さんまで届かない距離だ。

悲しいけれど、これはどうしようもない。

「ええ、千春さんにそんなことわかるんですかねえ」

近田くんが半笑いでド失礼なことを言った。

「わかるのよ。ねえ、野尻さん。こないだは、私のせいでごめんね、今日はちゃんと役に立てたかな」

私は言った、もとい、吠えながら、野尻さんと〝壁〟の三メートルの距離を取りつつ、ぐるぐる走り回った。

「はは、本当によくやってくれたな、千春号！　ありがとう！」

たぶん言葉は通じてないけど、気持ちは通じたみたいだ。

私の戦い

The Tragedy of the "W" Prefectural police

勾留も二週間を過ぎ、取り調べに熱が籠《こ》もる。

「おいこら、この変態野郎！　てめえには人の心がねえのか！　てめえに触られた子はな、悔しいって泣いてんだぞ！　罪を認めやがれ！」

取調官はスチールデスクを叩き、今にも被疑者に襲いかからんばかりに身を乗り出す。

しかし被疑者は気味の悪い薄ら笑いを浮かべるばかりだ。

「知らないって言ってるでしょ。その女子高生の勘違いですよ」

「てめえ、いい加減にしろよ」

取調官はドスの利いた声で凄む。

その傍《かたわ》らで葛城《かつらぎ》千紗《ちさ》は、かつて自分が痴漢に遭ったときのことを思い出していた。

あの恐怖と屈辱は、忘れたくても忘れることができない。

許せない――。

この痴漢は、まるで悪びれることなく、罪の意識すらない。

千紗はじっと被疑者の顔を見る。

被疑者は視線に気づいたのか、こちらを見て、にやけた顔になった。

「何ですか、女刑事さん。そんな怖い顔しないでくださいよ」

挑発じみた言葉には耳を貸さず、まっすぐに被疑者の目を見た。

すると、かすかに被疑者の顔がひきつったのを千紗は見逃さなかった。

やっぱり、そうだ——。

千紗は確信した。そして、密《ひそ》かに決断をした。

これは使える。この痴漢には、相応の報いを受けてもらおう。

これは私の戦いだ——。

1

「え、これ井浦《いうら》?」

その動画を再生し、千紗は思わず声をあげた。

ノートパソコンの画面には、白いパーカーを着た青年が映っていた。眉まで隠れる緑色のマッシュルームカットで黒縁眼鏡をかけている。

〈どもども〜。訳あって、しばらくお休みしてたピコタくんですが、また配信再開しちゃ

おうと思いま〜す〉

　耳にはめたイヤホンから、聞き覚えのある声がした。

　青年の顔がアップになったところで、一時停止し、画面をまじまじと見つめる。

「ん、どうした」

　隣の机でデスクワークをこなしていた橋本《はしもと》がこちらを覗《のぞ》き込む。

「なんか、井浦のやつが活動再開したっぽいんですけど……」

「井浦って、あの井浦？　これ本人か？」

「ええ、よく見ると確かに、顔立ちは井浦です。それから声も」

　そこに映っている青年は、自作の動画をＹｏｕＴｕｂｅなどの投稿サイトにアップして広告収入を得ている、いわゆるユーチューバーだ。ピコタと名乗っているが、本名は井浦明日翔《あすと》という。

　ただ、千紗たちが知っている井浦は、黒髪の短髪で眼鏡もかけていなかった。眼鏡は伊《だ》達《て》で、髪はウィッグだろう。

「あ、矢野《やの》さん」

　橋本が主任の矢野を呼んだ。

「ん、どうした」

「これ見てくださいよ」

矢野はのそのそと近づいて来て画面を覗き込む。

「誰だこいつ」

「ピコタですよ、あの井浦明日翔です」

「井浦だあ。変装してんのか」

矢野は眉をひそめる。

「はい、それで活動再開したみたいです。そうなんだろ、カツラ」

「SNSチェックしてたら、噂が流れていて」

千紗は頷《うなず》いた。

野倉《のぐら》署生活安全課では一番ネットに精通している千紗（と言っても二十代の女性としては平均的で特別なスキルがあるわけではない。他の課員がみなIT音痴なだけだが）は、定期的に市内の中高生に影響力があるSNSアカウントをチェックしている。その中で、「ユーチューバーのピコタが復活した」との噂を目にしたのだ。

「カツラ、再生してみてくれ」

矢野が不機嫌そうに言った。

千紗はイヤホンを外しジャックを引き抜いて音が出るようにして、動画を再生する。

〈イメチェンしたんで、びっくりした人も多いかと思います。心機一転、これからはこのスタイルで頑張っていきたいと思います〉

「やっぱ井浦ですね」

声を聞いた橋本が言った。

「ああ」と、相づちを打ったあと、矢野は大きな舌打ちをした。

〈すでに一部報道で知っている人も多いかと思いますが、私、ピコタは、先月、警察のお世話になりました。いやあ、参りましたよぉ。ついに僕も前科一犯です。取り調べた刑事さん、滅茶苦茶怖かったです。あ、野倉署生活安全課のYさん、元気ですか〜〉

画面の中でピコタは、いかにも、おちょくるようにひらひらと手を振った。

「何だこいつ、ざけんな！」

矢野が怒鳴り声をあげてデスクの足を蹴飛ばした。ガン、という音が刑事部屋に響いた。

〝野倉署生活安全課のYさん〟とは、他ならぬ矢野のことだ。

ユーチューバー、ピコタこと井浦明日翔は、市郊外の住宅街の親元で暮らす二十七歳。たまたまだが、千紗と同い年だ。二十歳のときに大学を中退して以来、定職に就かずぶらぶらしていたが、去年辺りから、動画の投稿を始め、広告収入を得るようになったようだ。

本人が「前科一犯」と言うように、井浦は数ヶ月前、偽計業務妨害で逮捕されている。

井浦は「チャレンジ動画」と称し、たとえば「下剤と下痢止め薬を同時に飲んだらどちらが効くか」といったような、心底くだらない動画を投稿していた。これが結構人気があり、〝信者〟と呼ばれるような熱心なファンも多く、月に十万円以上の収入を得ていたという。

まったく世も末だが、単に自分の身体《からだ》を張って馬鹿をやる分には害もなかったし、警察の目に留まることもなかったろう。が、視聴者が増えるにつれ調子に乗り、段々と過激なことをやるようになった。

そしてある日、井浦は一線を越えた。

その日、井浦は繁華街をぶらつき、警ら中の制服警官を見つけると、その目につきそうなところまで近づいて、錠剤の入ったピルケースを落とした。そして「やべえ！」と叫び、ピルケースを拾い逃げ出したのだ。制服警官は、これを追いかけた。場所が場所であり、ものがものだ。ピルケースの中身は違法薬物の可能性が高いと判断するのは当然である。そうでなくても、警官の姿を見て逃げるような者は放っておけない。

井浦は意外に足が速く、複雑に路地が入り組む繁華街を逃げ回り、制服警官が応援を呼んだため、パトカー四台が駆けつける大捕物となり、井浦は取り押さえられた。

が、井浦の持っていたピルケースに入っていたのは、風邪薬の錠剤だった。彼は一部始終をスマートフォンで撮影しながら、冤罪《えんざい》だの、不当逮捕だのと、わめき散らした。

井浦がやろうとしたチャレンジは『警察官の目の前で風邪薬を落としたら、追いかけてくるのか』だった。

確かに、風邪薬を落としたくらいで逮捕される謂《い》われはないだろう。が、こんなかたちで警察をコケにして、ただで済むわけがない。

たとえ悪戯《いたずら》であっても、警察官を騙《だま》して業務を妨害したとなれば、偽計業務妨害罪に問える。

このとき取り調べを担当したのが矢野だった。生活安全課の仁王の異名をとる矢野は、一九〇センチと大柄で、厚ぼったい瞼《まぶた》に三白眼の強面《こわもて》だ。声は低く嗄《しゃが》れており、取り調べ時の迫力は、暴力団担当並《マルボウ》みである。

矢野がこってり絞り上げたところ、井浦はすっかり肝を冷やし、泣きながら「警察を騙してからかうつもりでした」と、罪を認めた。「二度とこんな馬鹿な真似はしません」などと反省の弁を述べ、のちに略式起訴され、罰金を払うことになった。

その井浦が、動画の投稿を再開したようだ。

画面の中のピコタこと井浦が、神妙な顔つきになった。

〈僕も今回の逮捕を機に、いろいろと自分の活動を見つめ直しました。馬鹿げたチャレンジはもういたしません。今後は社会派ユーチューバーとして、有益な情報の提供をしていきたいと思っております。と言うわけで、第一弾は……〉

言いながら、ピコタはビニール袋を掲げる。その中には大量の一円玉が入っていた。

〈一円玉だけで、二百七十円の『週刊少年ジャンプ』を買えるコンビニはあるのかを、検証してみたいと思います。日本の法律では、一度の支払いで同じ種類の小銭を使えるのは二十枚まで。二十一枚以上使おうとしても、店側は断ることができるんです。でも、これはあくまで断れる、ってだけで、店の裁量で受け取ってもいいわけです。お客さんのわがままを聞くコンビニは、それだけサービスがいいコンビニってことです。つまりこれで、一番、サービスのいいコンビニがわかってしまうのです！〉

「こいつ、馬鹿じゃねえのか」

橋本が声をあげた。

千紗もまったく同感だった。馬鹿馬鹿しい上に迷惑極まりない。何が社会派ユーチューバーだ。こんなことに付き合わされるコンビニが気の毒だ。

画面が井浦の主観映像に切り替わり、コンビニに入っていく様子が映し出された。

シリアスなＢＧＭも流れ、テレビのドキュメンタリーさながらの臨場感だ。どうやって撮影しているのか専門的なことはよくわからないが、井浦の映像技術は逮捕前よりも上がっているようだ。だからといって誉める気もしないけど。

「これ、業務妨害で引っ張れるんじゃないですかね」

橋本が言うと、矢野は忌々《いまいま》しげにかぶりを振った。

「そうしてやりてえとこだが、この程度じゃ、難しいだろうな」

動画は、外国人留学生らしきレジ係のアルバイトが、特に文句を言うでもなく坦々《たんたん》と二百七十枚の一円玉を数え会計をして終わった。本当にただの迷惑でしかない。

「おい、カツラ、念のため、ネットで最近のこいつの動向を確認しといてくれ。もし、何かやべえことやってたら、報告しろ」

「はい。わかりました」

矢野に命じられ、千紗は井浦のウェブサイトやSNSなどをチェックすることになった。

逮捕後にアップされた動画は、今見た一円玉だけで買い物をするというものの他には一本だけ。『ピコタ復活祭』なるタイトルのものがあった。

これはどうやら、活動再開を祝したオフ会の様子を撮影したもののようだ。カラオケボックスに井浦と八名のファンが集まっている。ファンはみな井浦とおそろいの黒縁眼鏡と緑のカラーウィッグを着用している。男が五人で女が三人。

そして彼らが歌を歌ったり、ゲームをしたりする様が映し出された。部屋が暗いので画像はやや粗い。が、どこかに設置された固定カメラの映像と、参加者の主観映像をテンポよく交えるなど、動画としては様々な点で工夫が感じられた。ただし延々と二時間も続く。見ず知らずの連中のパーティーを見続けるのは苦行に近い。

会の最後で井浦は「ピコタは警察の理不尽に負けず戦い続けます」と宣言した。

一度は罪を認め涙ながらに謝ったくせに、またこんなことを言い始めている。が、もちろん、この発言だけで再び井浦を逮捕することなど不可能だ。オフ会の内容も飲酒や喫煙すらなく健全そのものだった。仮にファンの中に未成年者が混ざっていても、罪には問えない。

井浦はわかってやっているんじゃないだろうか。きっと、罪にならない範囲で自分を逮捕した警察を挑発し、溜飲を下げているのだ。

千紗は、喉元《のどもと》過ぎればを地でいくような、この井浦という同い年の男にあきれつつも、妙な感心をしていた。

矢野さんに、あれだけ詰められて懲《こ》りないのはある意味凄いかも——。

「おい、カツラ、井浦のやつ何か変なことしてねえか」

ちょうど、動画のチェックが終わったところで、その矢野に声をかけられた。

「いえ、まあファンを集めてカラオケでオフ会なんかやってましたが、引っ張んなきゃいけないようなことは、何もしてませんね」

「オフ会だあ？　ふざけやがって。苛《いら》つかせてくれるぜ。まあいい。こっちも今夜はカラオケだ。思い切り歌って憂さを晴らそうぜ」

今夜は、矢野が主催する生活安全課恒例のカラオケ懇親会だ。当直の者もいるので一応、自由参加の建前だが、「きれいどころがいないと盛り上がらない」とのことで、紅一点の千紗は、半ば参加が義務づけられている。

千紗は愛想笑いを浮かべて「そうですね」と応じつつも、内心でため息をついていた。なんせ、旗振り役の矢野がほとんどマイクを離さない上に、とてつもない音痴なのだ。その上、千紗は毎回、彼とのデュエットを強いられる。千紗自身はそもそもカラオケが好きじゃない。今夜も矢野と『ロンリー・チャップリン』を歌わなければならないかと思うと、正直、気が滅入《めい》る。

この人、生活安全課のジャイアンだよね――これは千紗ならずとも、みんなが思っていることだろう。

2

千紗は幼い頃から、「優しい子」とよく言われた。しかし、そんな自分のことが決して好きではなかった。だってそれは、気が弱く引っ込み思案で、自分の意見を上手く言えないだけなのだから。

親や友達、学校の教師とのやりとりの中で、気にくわないことや、おかしいと思うことがあっても、いつも空気を読んで周りに合わせてばかりいた。理不尽と思うことでも、ぐっと飲み込んでしまう。そして、あとになって一人で後悔するのだ。

強くなりたい。

言うべきことを、ちゃんと言えるようになりたい。

ものごころついた頃から、千紗はずっとそう思っていた。

中学で柔道部に入部したのも、子ども心に武道を習えば強くなれるかもしれないと思ったからだ。

元々、運動神経がよかったこともあり、柔道の腕前はめきめき上達し、あっという間に部でトップクラスの実力を備えるようになった。高校は県内でも指折りの柔道の強豪校に進学した。とにかく練習が厳しいことで有名な高校だった。年配の監督とコーチはともに精神論を振りかざし、練習時に水を飲ませなかったり、うさぎ跳びをやらせたり、現代のスポーツ科学では否定されているような理不尽なことも平気でやらせるのだ。

しかし千紗は、自ら望んでその高校を選んだ。厳しい環境に身を置いた方が、強くなれると思ったからだ。練習は想像以上につらく、何度もくじけそうになったけれど、千紗はひたすら耐えた。その甲斐あってか、二年時からレギュラーとして活躍、三年時の個人戦では県三位の成績を収めることができた。

たとえ科学的ではない精神論だとしても、苦しみに耐え抜く力は人を強くする。練習のつらさを思い出せば、大抵のことは我慢できるという自信になった。千紗は柔道に出会って自分は強くなれたのだと思っていた。

しかし、もう部活の引退が近づいた高校三年のある日、千紗は自分の身につけた強さが実はごく一面的なものだと気づかされた。

通学電車の中で痴漢に遭ったのだ。

すぐ後ろに立った男の手が伸びてきて千紗のお尻をなで回したとき、驚きと恐怖で固まってしまった。ほんの数秒のことではあっただけれど、声をあげることもできず、ただじっと我慢してしまったのだ。

強くなった気でいたけれど、根本的な性格までが変わったわけではなかった。理不尽な稽古に耐えることで身につけた我慢強さが、むしろ逆に働いてしまった。

そのあとも数度、千紗は痴漢に遭ったが、ついに一度も被害を訴えることができなかった。

悔しかった。悔しくて悔しくて仕方がなかった。

このときの悔しさが、千紗に県警の門を叩かせた。

自分と同じように気が弱く声をあげられない女性のために働きたい。そんな、思いだった。

そして警察官となった千紗は、目標にすべき人物に出会った。

警察学校に特別講師として招かれてきた松永菜穂子《まつながなほこ》警視だ。

ここW県警は、日本中の県警の中でも旧態依然としていることで知られている。数年で入れ替わる本部長は、お飾りに過ぎず、実際に県警を仕切っているのは『円卓会議』と呼ばれる幹部会合だ。この『円卓会議』は現状維持を旨とし、前例にない組織改革などをとにかく嫌うらしい。

このような体質のW県警において松永警視は文句の付けようのない実績を残し、県警史上初となる女性警視になり、「警察の警察」たる監察官の任に就いたという。

女性としては県警で最高位にある松永警視は、しかしちっとも偉ぶることなどなく、まだ警察官のタマゴに過ぎない千紗たちと、ざっくばらんに語らった。そして自身の経験を交え、警察官としての心構えなどを教えてくれた。

このとき松永警視が言った言葉は、今でも千紗の耳に残っている。

――W県警は、女性の立場が弱すぎる。結局、幹部に女性がいないのが問題なの。だから私はもっと偉くなる。いつか必ず『円卓会議』に座って県警を改革する。この県警を変えてみせるよ。

その言葉から滲《にじ》み出る強さに、千紗は胸を衝かれた。

この人は、今の地位を獲得するまで、どれほど苦労したのだろう。理不尽に耐えたこともあるだろう。けれど戦うべきところでは臆せず戦ってきたに違いない。そしてまだまだ戦うつもりだ。

本当に強い人だと感じ入った。こういう単なる我慢強さではない芯の強さこそ、千紗が手に入れたいものだった。

有言実行。松永警視は、来春、警視正に昇進し、本当に『円卓会議』入りを果たすと噂されている。彼女は、千紗ならずとも、W県警配下の女性警察官の多くが憧れる存在だ。目標にするなんて、おこがましいかもしれない。それでも、懸命に彼女のあとをついていこう——そう思い千紗は、日々の業務をこなすことはもちろん、寝る間を惜しんで勉強を重ね、積極的に昇任試験を受けた。そして、どうにか巡査部長になり、所轄の生活安全課の刑事になった。

ただし望んだ強さを身につけられたかは大いに疑問だ。いや、否、と言わざるを得ないだろう。

松永警視が言うとおり、W県警では女性の立場が弱い。まず絶対的な数が少なく、彼女が登場するまでは管理職になる女性など皆無だったという。未《いま》だに女性警察官を職場の花とかせいぜいマスコット程度にしか考えず、仕事は男性警察官の補助的なものと雑用だけやっていれば十分と考える向きが強い。今時、民間であれば問題になるようなハラスメントも横行しがちだ。

松永警視はこうも言っていた。

——嫌なことは、ちゃんと嫌って言わなきゃ駄目だよ。男は馬鹿だからね、言わなきゃわかんないし、調子に乗る。下手をするとこっちが喜んで付き合ってると思ってたりするからね。

そういう側面は、確かにあると思う。

カラオケ懇親会だって、女性だからといって毎回参加しなきゃいけない理由はない。

「きれいどころ」などと言われても、要は即席のホステスのような扱いを受けているのだ。嫌なら嫌と断るべきだ。

でも、矢野のような上司に強く言われると、ノーと言えない。つい我慢してしまう。強くなりたい。

言うべきことを、ちゃんと言えるようになりたい。

幼い頃に抱いたこの思いは、警察官になった今も、まだ果たせているとは言い難い。

3

結局、断れず、いつものようにカラオケ懇親会に参加した翌日の午後五時過ぎ、その一報がもたらされた。

警電が鳴ったとき、千紗は生活安全課の刑事部屋で溜まっているデスクワークを片づけている最中だった。部屋には矢野や橋本の姿もあったが、千紗がすぐに反応して受話器を取った。

「はい、野倉署生安」

昨日のカラオケのせいで、少し声がかすれていた。

ペンを握った。

〈野倉南駅前交番。痴漢です〉

若い男の声が短く用件を言った。交番の地域課員だ。

「了解。状況は？」

千紗は受話器を肩で挟むと、デスクの端にあるメモ用の罫紙を手元に引き寄せ、ペンを握った。

〈発生は十五時三十分頃。N線下り電車。清橋《きよはし》、野倉南間――〉

痴漢事件だ。かつて被害に遭った身としては、気持ちが入る。

千紗は相づちも打たずに、メモを取った。

満員電車の中で痴漢に遭った女子高生が、犯人の手を摑《つか》み、声をあげた。犯人は、ちょうど停車した野倉南駅で電車を降り逃亡しようとしたが、同乗していた乗客二人に取り押さえられたという。

〈――野倉南駅前交番にて、本職が被害状況を確認。被害届を受理〉

痴漢事件の捜査においてまず重要なのは、被害者が被害届を出すか否かだ。

それなりに混み合う路線では、毎日のように痴漢事件が発生する。車内や駅で犯人が捕まっていても、大抵の場合は示談で決着し、刑事事件化はされない。

多くの場合、犯人だけでなく被害者もそれを望むからだ。

起訴や裁判を念頭にした刑事事件に発展すると、被害者にとっても負担が大きくなる。対して示談にすれば、概《おおむ》ね数十万円の示談金が支払われる。犯人には謝罪文も書かせるし、前科はつかないが前歴として警察の記録に残すので、それなりに被害者の処罰感情も満たされる。

そして警察としても、すべての痴漢事件を刑事事件化していたら人手と時間がいくらあっても足りないので、示談を勧めることが多い。その場合、警察の役割は仲裁だ。犯人が著《いちじる》しくごねたりしない限りは正式な逮捕はせずに、すべて任意の聴取という形を取る。担当した交番の地域課員だけですべての処理を行う。

今回のように所轄の生活安全課に連絡が入るのは、示談が成立せず被害者が被害届を提出し、犯人が正式に逮捕されているレアケースだ。

〈被害者は、市内在住、十八歳、女性、県立北女子高校三年生、キタサクラ。東西南北の北、花が咲くの咲に、良し悪しの良で、北咲良――〉

地域課員が、被害者の身元と被害状況を伝える。下校中の満員電車の中で、後ろにいた中年男性に、お尻を触られたということだった。

おそらくこの地域課員が聴取を行い、被害届を書かせたのだろう。

痴漢に遭った女性の中には、男性に被害状況を訊《き》かれること自体、苦痛に感じる者が少なくない。痴漢に限らず性犯罪の被害者の聴取は同性の警察官が主に行うよう内規で定められているが、時間帯によって女性警察官がいないことも多く、まだ現場では徹底されていない。

電話の声を聞くかぎり、この地域課員は比較的ソフトな印象だ。被害者を傷つけるような聴取をしていないことを祈るばかりだ。

〈そして被疑者は……現時点で聴取に応じず、身分証等の提示も拒んでいます〉

地域課員の声色がやや強張った。

「否認ですか?」

〈そのようです。最初に「やってない。黙秘する」と言ったきり、身元も明かそうとしません〉

なるほど、否認事件か。

犯人——厳密には捕まった被疑者——が犯行を認めなければ、示談にはなりようがない。

「マル被(被疑者)の身柄は?」

〈駅事務室にて、駅警備員協力のもと、確保しています〉

「マル被は黙秘などと言っているのですね」

〈はい。そうです〉

「弁護士を呼んでますか」

〈いえ。そういった要求含め、ほとんど口をききません〉

「目撃者は？」

〈いません。逃げようとしたマル被を取り押さえた二名も、犯行の瞬間自体は見ていない
そうです〉

「被害者は、被害に遭った直後、マル被の手を摑んだんですね」

〈そうです。本人は、間違いないと話しています〉

これは、被疑者の犯行を裏付ける大きな根拠になる。

また、被疑者が犯行を否認しておきながら、弁護士も呼ばず、ただだんまりを決め込んでいるというのも気になる。弁護士の知り合いがいなくても、当番弁護士制度があるので、被疑者が要求さえすれば、警察は弁護士会に連絡をしなければならない。「黙秘」などという言葉を使うのだから、その程度の知恵はありそうなものだ。

単に性犯罪者の汚名を被るのが恐ろしく、身元も明かさず抵抗しているだけではないのか。

ただし万が一冤罪だった場合、無辜《むこ》の市民の人生を破壊しかねない。近年は痴漢冤罪が社会問題にもなっており、こちらとしては慎重に捜査する必要がある。

〈被害者は、身元すら明かさないマル被に憤《いきどお》っており、処罰を望んでいます。署での聴取も問題ないとのことです〉

「わかりました。被害者、マル被ともに移送願います」

〈了解しました〉

警電を切ったあと、急いで主任の矢野に報告した。間もなく別々のパトカーで被害者と被疑者が移送されてくる。生活安全課で手分けをし、それぞれ聴取することになる。

被害者は高校生ということもあるので、できるだけ手短に。被疑者の方は否認を続けるなら、当面、署に留置することになるだろう。

4

「おいこりゃ、微妙だな……」

矢野は渋い顔でつぶやいた。

到着を待つ間、千紗は念のため被害に遭ったという女子高生の名前で県警本部に照会をかけた。

すると数件、情報がヒットしたのだ。

　被害者、北咲良が痴漢に遭うのは初めてではなかった。この二年ほどで三度、痴漢被害を訴えていた。これらはすべて今日と同じ路線だが、それぞれ別の駅で、対応したのも別の交番だった。そしていずれの場合も、示談になっている。被害届を出して、所轄まで上がってきたのは今回が初めてだった。

「補導歴はないのか」

「はい、それはありません」

「そうか。だが同じ人間が、同じ路線で何度も痴漢に遭うもんなのか」

　矢野はでっち上げの常習犯である可能性を警戒しているようだ。

　確かに、示談金を巻き上げるために痴漢をでっち上げるというケースはないわけじゃない。でっち上げられた側にしてみれば、痴漢で捕まること自体、ダメージが大きい。たとえ無実だったとしても、示談に応じて済ませてしまおうと考える者は少なくないだろう。

　仮にそうだとしたら、警察がでっち上げの片棒を担ぐことになりかねない。そんなことはあってはならない。

　しかし……。

「痴漢には、遭いやすい子と、そうでない子で、傾向がありますから」

　千紗が意見した。

「まあそうだな」と、矢野も同意した。

痴漢というのは、そもそも誰でも平等に被害に遭うようなものではない。女性の方が圧倒的に被害に遭いやすい（男性の被害がないわけではない）。そして女性の中でも、服装や髪型が地味でおとなしそうな外見の子ほど、被害に遭いやすい。髪やメイクが派手な子、肌を露出するような派手なファッションの子は、ほとんど被害に遭わない。

要するに加害者は、抵抗しそうな子、はっきりものを言いそうな子には手を出さず、泣き寝入りしそうな子を狙うのだ。きわめて卑劣な犯罪としか言いようがない。鞄《かばん》に「私は泣き寝入りしません」という缶バッジを付けたら、痴漢に遭わなくなったなんて話もある。同じ子が何度も痴漢に遭うということは、十分あり得る。でっち上げだと決めつけることなどできない。

内線が鳴り、まず被害者が到着したという連絡が入った。空いていた会議室に通し、庶務課のベテラン女性事務員が付き添っているという。

被害者に対する聴取は、同性の千紗とその女性事務員のペアで行うことになった。被疑者を受け持つのは矢野と橋本のペアだ。

「カツラ、一応、慎重にやってくれな」

「はい」

千紗は頷いた。

警察が女子高生のでっち上げに乗って冤罪をつくるわけにはいかない。だからといって、被害を訴えている者を、いきなり疑ってかかっていいわけじゃない。勇気を持って痴漢被害を訴えた少女の気持ちを踏みにじり、卑劣な犯人を利することも、あってはならない。

どちらにも決めつけず、しっかり見極めるんだ。

そう自分に言い聞かせながら、千紗は会議室へ向かった。

5

長机を四つ組合わせた島の隅に、女性事務員と並んで座っていたその少女——北咲良——が、こちらに顔を向けた。

三つ編みにした黒い髪、黒目がちで小さな眼、化粧っ気のない優しい顔立ち。ひと目見た印象は、痴漢に遭いやすいタイプだ。

「はじめまして。野倉署生活安全課の葛城です」

千紗は顔にできるだけ穏やかな笑みを浮かべて挨拶をした。

「はじめまして」

咲良は、座ったまま頭を下げた。外見から想像するより、ずっとハキハキした声をしている。表情にも緊張は見られない。

待っている間、事務員が世間話などをして適度に緊張をほぐしてくれていたのだろう。千紗は「ありがとうございます」の意を込めて、事務員に軽く目で会釈した。彼女も「どういたしまして」というように、会釈を返してくる。

千紗は咲良の正面に座り、聴取を開始した。

「あなたが、北咲良さんね」

「そうです」

「じゃあ、改めて、私の方からいろいろと質問をさせてもらいます。ほとんどは、さっき交番で別のお巡りさんにも話したことだと思うけれど、もう一度、答えて貰えると助かります。なるべく早く終わるようにします」

咲良は注意深く耳をそばだてるように、小さく何度も頷きながら千紗の言葉を聞いていた。そして、最後に納得した様子で点頭した。

「はい。わかりました。よろしくお願いします」

落ち着いてしっかり話そうという気持ちが伝わってくるかのようだった。千紗は咲良の態度に好ましいものを感じた。

「では、あなたの身元の確認からさせてもらいます。住所と生年月日を教えてくださいー―」

まずは身元の確認。提出された被害届と照合し、個人情報に誤りがないことを確かめる。それから、家族構成や生活環境なども訊いておく。咲良の家は母子家庭で、隣の市にあるアパートで、看護師をしている母親と二人暮らしをしているとのことだった。

続けて、被害に遭ったときの状況を具体的に訊く。概要については、電話でも聞いていたし、被害届にも記述がある。が、ここでは更に細かく、どこをどのくらいの時間、どんなふうに触られたのか、詳しく訊いてゆく。

もしのちのち被疑者を起訴することになった場合、改めて現場検証などを行う必要があり、被害者の証言は細かく聴取してしすぎることはない。

とはいえ、ことは痴漢、性犯罪だ。同性相手とはいえ答えにくい部分もあるだろうに、咲良は臆することなく答えてくれた。

「――負けたくなかったんです」

被疑者の手を摑んだときの心境を尋ねたとき、咲良はそう答えた。声のトーンがわずかに高くなり、熱が籠もったように感じられた。

「負けたくないというのは、痴漢に?」

「はい。それから、自分に」

「自分に」

「そうです。実は私、こういうこと、初めてじゃないんです」

「え、そうなの」

先ほど記録の照会をし、知っていたが、驚いた振りをした。

「あ、いえ、その、こうして被害届？　出したのは今回が初めてですけど、痴漢にはこれまでたくさん遭っていて。相手の手を摑んで、駅員さんに突き出したことも何度かあります」

「何度かって、具体的に何度」

「えっと……、三回、です」

これも、照会した記録の通りだ。

もし示談金目当てのでっち上げだとしたら、過去に同じようなことがあったことを、わざわざ自分から言わないような気がする。

「捕まえたのが三回？　ただ黙っていただけというか、見逃してしまったこともあるの？」

「は、はい、それは数え切れないくらい」

「痴漢に遭うようになったのはいつから？　やっぱり、高校に入って電車通学をするようになってからかな」

「はい。そうです――」

咲良は過去の痴漢被害を語り始めた。

彼女が初めて痴漢に遭遇したのは、高校に入学してすぐの五月だったという。

「――今日と同じように、お尻を触られました。あのときは、本当に初めてだったんで、まず、すごいびっくりしてしまって。満員電車は、出るっていうのは聞いていたんですけど、本当にいるんだって。それから、とても怖くて、声をあげることもできませんでした――」

咲良は絞り出すように話す。千紗は何度も頷きながら、それを聞いた。

自身も経験者として、その驚きと恐怖はよくわかる。

その後も咲良は、一、二ヶ月に一度ほどの頻度で痴漢に遭ったそうだ。いずれも通学中だが、時間や車両、犯人と思われる相手は、毎回違ったらしい。やはりこの子は、痴漢に遭いやすいタイプなのだろう。

ただし咲良は、黙って触られているだけではなかった。あるとき、勇気を振り絞り犯人の手を捕まえたという。

「……頑張ったわね。痴漢の手を摑むのは、勇気がいったでしょう」

千紗にはできなかったことだ。

「はい、でも……我慢してるだけじゃ、何も変わらないと思って。実際に声をあげたら周りの人たちも助けてくれて」

咲良が手を摑むと、他の乗客たちが痴漢を取り押さえてくれたという。痴漢は抵抗も弁解もせず、ただただうろたえ、停まった駅でおとなしく駅事務室に連れて行かれたそうだ。

この経験で咲良は、思い切って声をあげてよかったと思うようになり、もう泣き寝入りはしないと決めたという。

私もあのとき声をあげていたら——という思いが頭をよぎる。

千紗は、目の前の一見気弱そうに見える少女が、自分よりもずっと強いことを認めざるを得なかった。

二度目、三度目のときも同様で、犯人はおとなしく捕まった。犯人が逃げようとし、警察沙汰になったのは今回が初めてなのだという。

「三回とも、示談になったのね」

「そうです」

「示談金は貰った？」

「……はい」

「いくら？」

「あ、えっと、最初は十五万円。二回目と三回目は二十万円です」

怪訝《けげん》そうにしつつも、咲良は答える。すべて記録にあったとおりだ。概ね相場通りでもある。

「高校生にとっては、大金よね」

「ええ、まあ」

「いきなり、そんなお金が貰えて驚かなかった？」

「確かに、少しびっくりしました。その、最初のとき、その示談の手伝いをしてくれたお巡りさんが、相手の反省の気持ちだから遠慮なく受け取りなさいって。それで、こういうものなんだって思いました。でも、私にとっては、お金よりも、謝ってくれたことの方が大事でした」

「そうよね。お金を貰ったって、傷ついた気持ちは治らないものね」

咲良は身を乗り出すようにして首を縦に振った。

「そう、そうなんです」

「で、お金はどうしたの？」

「え」

「お金。謝罪の方が大事でも、貰うものはちゃんと貰ったんでしょ」

「は、はい、貰いましたけど、あの……」

咲良の顔に戸惑いが浮かんだ。「どうしてそんなこと訊くんですか。疑っているんですか」と、書いてあるようだ。

千紗は苦笑してみせた。

「こういうことも、訊かなきゃならないのよ」

「あの、貯金しています。将来のために」

咲良は素直に答えた。

「将来というのは、具体的な目標があるの？」

「はい。私、東京の大学に進学したいんです。でも、家《うち》はあまりお金がないから、仕送りとかしてもらえなさそうなんで」

「なるほどね、お金も痴漢男の財布にあるよりも、その方が有益に使われそうね」

冗談っぽく言うと、咲良は表情を和らげ、控え目に頷いた。

千紗は続けて尋ねる。

「けれど、あなたが手を摑んだ男性は、罪を認めておらず、今のところ、自分の名前も名乗っていないの。これ、どう思う」

「……悔しいです」

咲良が目を伏せた。

「そうよね、その気持ちはわかる。でもね、もしも人違いだったりしたら、大変なことになってしまう。無実の人の人生を壊してしまうことになるかもしれないの。どう、間違いないって言える？」

千紗はやや語気に緊張感を込めて尋ねた。

咲良は顔をあげて答えた。

「間違いありません。確かに私は、私のお尻を触っていた人の手を摑みました」

「このままあの男性が罪を否定し続ければ、裁判になるかもしれない。そのときは法廷で証言してもらうことになる。もちろん、こちらとしても最大限の配慮はする。でも、人前で被害を話してもらうことになるの。それでも大丈夫？」

敢えて脅しに近いことを言った。

咲良は、千紗の言葉をよく咀嚼《そしゃく》するように少し考えたあと、まっすぐにこちらを見て頷いた。

「できます。それで、あの人が罪を認めて、謝ってくれるなら」

「わかった」

千紗は自分の心証がこの少女を信じる方向に大きく傾《かたむ》くのを感じていた。

6

咲良に対する聴取は午後十時前には一通りが終わった。庶務課が咲良の保護者に連絡を取ったが、看護師の母親は夜勤中で迎えに来るのは難しいとのことだった。

咲良本人に確認したところ、一人でも帰れるとのことだったが、念のため、聴取を一緒に行った女性事務員に、駅までは送ってもらうことになった。

千紗が刑事部屋に戻ってしばらくすると、被疑者の聴取を行っていた矢野と橋本も戻って来た。

「お疲れさまです」

「そっちもお疲れ。あ、おまえ、まだマル被の顔見てないよな」

言いながら、橋本がバインダーをよこした。そこには被疑者の写真が数枚挟まっている。眼鏡をかけた五十がらみの男性で、頭は禿げ上がっている。聴取の中で咲良から聞いた被疑者の見た目と、概ね一致していた。

「いやらしそうな面してるだろ」

「ええ、まあ……」

見た目で決めつけてはいけないが、正直、いやらしい顔つきではある。

だが、それ以上に、何だろうこの感覚は――？

千紗はまじまじと写真を見つめた。

「カツラ、どうした？」

「いえ、本当にいやらしそうな顔をしてるなと思って」

誤魔化した。

なぜ被疑者の写真に違和感を覚えるのかよくわからなかった。だから当然説明もできない。

「おいカツラ、被害者の方はどうだった。示談金目当てのでっち上げの線はありそうか」

矢野が明らかに機嫌の悪い、ドスの利いた声で訊いてきた。どうやら、被疑者の聴取は思うようにいかなかったようだ。

「は、はい。断定することはできませんが……証言におかしなところはありませんでした。私の所感では、被害に遭っていると思います」

「そうか。じゃあよ、あの娘の勘違いって線はどうだ」

「それも断定できませんが、本人は触ってきた手を摑んだので間違いないと言っておりました。少なくとも証言に不自然な点はありませんでした」

「ふん、そうか」

矢野は不機嫌そうなまま、頷いた。

「あの、マル被の方は？」

「完全黙秘。カンモクだよ」

横から橋本が答えた。

「え、カンモク、ですか」

地域課員の聴取にも応じなかったらしいが、この期《ご》に及んで黙秘を貫いたのか。いささか驚いた。

「そう。最初に『私はやってない。黙秘する』っつったっきり、何を訊いてもひと言も喋らなかったんだ。今んところ、住所どころか名前もわからない。ただし、掌《てのひら》から繊維片が出ている。今、本部の鑑識に回している」

痴漢事件で被疑者を逮捕した場合、まず最初に掌の付着物を確認する。服や布を手で触れれば、掌には目に見えない繊維片が付着していることが多いのだ。案の定、被疑者からは繊維片が出たようだ。これは痴漢をした可能性を示す強力な証拠になる。

「身元がわかる所持品などはなかったのですか」

「それがなあ、一応、財布とスマホを持ってはいたが、財布には現金しか入れてなかった。スマホの方はロックがかかってて、やつはパスコードを教えようとしねえんだよ」

橋本がため息をついた。

最近のスマートフォンのセキュリティ機能はかなり強力で、パスコードなしでロックを解除するのはまず不可能だ。

「まあ、時間の問題だがな、まったく手間かけやがるぜ」

矢野が吐き捨てるように言った。

スマートフォンのロックを解除できなかったとしても、通信事業者に協力を仰げば、中に入っているＳＩＭカードから契約者の情報は判明する。もし技術的に可能な機種であれば、事業者の方でロックを解除してくれることもある。矢野の言うとおり、いずれ身元の情報まではたどり着ける。

「そんなわけだから、当面、マル被は、留置番号76番ってことになったから」

橋本が言った。

容疑を否認している被疑者は、逃亡を防ぐために、警察の留置場などで身柄を拘束するのが原則だ。その際に、一人一人に留置番号という番号が振られる。今回のように被疑者の氏名がわからない場合は、便宜上、氏名の代わりにこの留置番号で呼ぶことになる。

「やっぱり、このマル被、やましいことがあるんじゃないですかね。繊維片も出てますし……。潔白だって言うにしても、身元すら明かさないのは不自然すぎます」

千紗が言うと、矢野が不機嫌な顔のまま頷いた。

「当然だ。そうだな、大方、やっこさん、痴漢なんかで捕まるとヤベエ仕事してんじゃねえか。学校の先生とかな。じゃなきゃ、前科があって次は実刑食らうとか……、いや、オーバーステイの外国人かもしれねえな」

写真を見る限り被疑者の顔立ちは日本人のそれだが、出身国がアジアであれば、外国人であっても不思議ではない。

ともあれ矢野たちの心証はかなり黒に傾《かたむ》いているようだ。それは千紗も同様だった。

「だったら、そろそろ指紋でわかるかもしれませんね」

橋本が言った。

被疑者は初回の聴取の後、必ず強制的に十指の指紋を採取され、警察の指紋データベースと照会される。

もし前科があったり、かつて警察や入管に指紋を採取されたことのある者であれば、これですぐに身元が割れる仕組みだ。

と、ちょうどそのとき警電が鳴った。近くにいた橋本が受話器を取る。

「はい、野倉署生安。ああ、はい、本職です。はい、指紋照会。あ、ヒットしましたか！」

橋本が声を張り上げた。

被疑者の指紋はデータベースにあったようだ。

「はい、はい、はい。宮川満《みやかわみつる》ですね。四十七歳。住所は――」

橋本が被疑者と思われる者の、名前と住所を復唱しながらメモを取る。

外国人ではないようだ。それでヒットしたということは、前科や前歴があるのだろうか。

警電を切り、橋本がこちらを振り向くと、すかさず矢野が「出たんだな。前があるのか」と尋ねた。

「はい。留置番号76番の氏名は、宮川満。年齢は四十七歳。三年前にも、痴漢でパクられてます」

「なるほど、そういうわけか」

矢野は満足げに顎《あご》をさすった。

7

痴漢をはじめとする性犯罪には、常習性があるとされている。

県警本部から送られて来た記録によれば、宮川満は三年前の十月、K線の車内で痴漢行為をしていた。これは、県を東西に走る路線だ。

当時、宮川は県西部の鳴見《なるみ》市在住で、県中央部のW市にある食品会社に勤務しており、通勤にこのK線を使っていた。宮川が痴漢を犯したのは、K線上にある宇辺《うべ》駅と宇辺東駅の間。被害者は当時十五歳の私立中学に通う女子中学生で、宮川は今回と同じように背後から制服の臀部《でんぶ》を触ったようだ。やはり今回と同じように被害者が宮川の手を摑み、周りの乗客が取り押さえた。宮川は宇辺駅の駅事務室に突き出され、宇辺駅前交番の地域課員が初動対応。そしてこれまた今回と同じように宮川は犯行を否定し、逮捕された。

逮捕後は宇辺署の生活安全課が対応。取り調べにより事実関係を詳しく問い詰めたところ、宮川は犯行を自白した。その後は、初犯で罪も認めたということで、正式な裁判ではなく略式起訴により罰金刑を受けている。このとき担当検察官から、「もし同じことがまたあれば、今度は正式な裁判を受けてもっと重い罰を受けてもらう」と釘を刺されていたという。

こういった過去があったから、宮川は今回、名前さえ隠し通そうとしたのだ。そうすれば、今回も初犯扱いになるとでも思ったのだろう。が、さすがにこれは素人の浅知恵というほかない。身元を隠し続けるなど不可能だし、前科前歴があれば、警察はこうして簡単にたどり着く。

「これで、もうやつもしらを切ることはできまい」

矢野はほくそ笑んでいた。

しかし、ことはそう簡単には運ばなかった。

翌日、矢野と橋本は引き続き宮川の取り調べを行い、千紗は初動を担当した野倉南駅前交番の地域課員らと協力し、駅員や、宮川を取り押さえた乗客の事情聴取と、目撃者捜しを行った。

痴漢事件において、触った瞬間を目撃した者がいるかどうかは、きわめて重要だ。目撃者がいれば、事実関係を客観的に証明することができる。

千紗と地域課員らは、手分けをして駅で聞き込みを行ったが、収穫はなかった。一応、野倉南駅他、N線のいくつかの駅の掲示板に、目撃者の情報提供を求める貼り紙をしてもらうことになった。が、期待できるものでもない。

夕方、署に戻ると、刑事部屋に矢野と橋本の姿はなかった。まだ宮川の聴取を行っているようだ。

しばらくデスクで報告書を作っていると、その二人が帰ってきた。

「くそっ！　あのカスが！」

矢野は刑事部屋に入ってくるなり、隅にあるスチールラックを蹴飛ばした。ガシャン！と、派手な音が鳴る。千紗は思わず身をすくませた。心臓に悪い。

「あ、カツラ、お疲れ」

橋本が千紗に気づいて声をかけてきた。

「お疲れさまです」

「どうだった。目撃者いた？」

「い、いえ」

千紗はかぶりを振る。

すると矢野が怒声をあげた。

「んだよ、何かネタ拾ってこいよ！」

「す、すみません」

明らかに八つ当たりだ。

矢野は「くそっ」と自分のデスクに身を預けるように座った。

「あ、あの、聴取で何かあったんですか」

千紗は橋本に恐る恐る尋ねた。

橋本は眉根を寄せる。

「いやあ、何かあったというか、何もなかったというか。あのマル被、いい心臓してるよ。矢野さんに凄まれてもずっと、知らぬ存ぜぬを通すんだから」

橋本によれば、取り調べの冒頭で矢野は「おい、宮川満！」と、フルネームで呼びかけ、こちらが身元を調べたことを示したという。

すると宮川は、一度驚いたように目を見開いたが、すぐに落ち着きを取り戻し「はい。宮川ですが」と、すまし顔で答えたらしい。

その後、矢野たちは宮川の前科にも触れつつ、再び痴漢を犯したんだなと問い詰めた。対して宮川は、もう身元を知られたので昨夜のようなだんまり作戦は止《や》めたのか、一応、問いかけには答えたという。

ただし「確かに私は過去、痴漢をしたことがあります」「しかし、きっちり悔やみ反省しました」「今回は潔白です」などと、自身の無実を堂々と主張した。

当然、そんな言い分を通すわけにはいかない。矢野が「しらばっくれんじゃねえ！　もうネタは上がってるぞ！」と凄み、橋本が、被害者が間違いないと訴えたことと、昨夜採取した掌の付着物に繊維片があったことなど、証拠となり得るものを突きつけたという。

しかし宮川は不遜《ふそん》な笑顔を浮かべ「あの女子高生の勘違いじゃないですか」「私は何もしていないのにいきなり手を摑まれた」「掌に繊維片が付いていたからって、私が痴漢をしたことの証拠にはならないはずだ。満員電車の中で偶然誰かの服に触れることはあるだろう」などと、鼻で笑ったそうだ。

これに矢野が激怒し更に厳しく問い詰めた。宮川はその迫力に怯《ひる》んだ様子を見せたものの、頑として罪は認めず最後まで「私はやってません」の一点張りだったという。

「検事は、否認事件の起訴には慎重だからね。できるだけ早く割りたいところだよ」

橋本はため息交じりに言った。

刑事訴訟法の規定によれば、被疑者を逮捕した場合、警察はまず二日間、身柄を拘束し、取り調べを行うことができる。その後、検察に身柄を送り、検察官が一日取り調べ、さらなる調べが必要と判断すれば勾留請求を行う。これが認められれば、それから十日間、警察は被疑者を勾留できる。それでもまだ不十分であれば、一度だけあと十日間、勾留を延長できる。これらすべて合わせると二十三日。これが逮捕後、被疑者の身柄を拘束できる最大日数だ。

この間に、十分な証拠が揃《そろ》ったと検察官が判断すれば、被疑者を起訴し、裁判にかけることになる。逆に、起訴しないまま勾留期限が切れれば、被疑者は不起訴となり釈放、いわば無罪放免となる。

橋本が言ったように、検察官は被疑者が容疑を認めていない否認事件の起訴について、きわめて慎重だ。日本の刑事裁判の有罪率が九十九パーセントを超えているというのは、よく知られているが、この驚異的な数字の背景には、検察官が確実に有罪が取れそうにない事件は不起訴にしてしまうという現実があるのだ。

今回のように、直接の証拠は被害者の証言のみで被疑者が否認しているケースはかなり微妙だ。繊維片や被疑者の前科など、犯行を強く疑わせる証拠もあるので、強気の検事なら起訴するかもしれないが、慎重な検事だと見送る公算が高い。

そして、もしも一度不起訴になってしまえば、あとから目撃者が見つかっても後の祭りだ。日本の刑事訴訟法の規定では同じ容疑で二度逮捕することはできないのだ。

もしそうなれば、あの娘、咲良の、勇気が無駄になってしまう。

そんなことはあってはならない。犯人には、絶対に謝らせなければならない。

「おい、カツラ、次からはおまえにもやつの調べに加わってもらうぞ」

矢野がぶっきらぼうに言った。

「はい！」

返事をする声が大きくなった。それは千紗にとっても望むところだった。

8

翌日、宮川は一旦、地検に送致され検事の聴取を受けた。そこでも不遜な態度で犯行を認めなかったという。担当検事の心証も真っ黒で、何としても自白を取るか決定的な証拠を摑むかして欲しいと申し入れがあった。

千紗が宮川の取り調べに加わったのは、再び宮川の身柄が野倉署に送られて来たあと、逮捕後四日目のことだった。

宮川に対する取り調べは長期戦を踏まえ、ペアを固定せず、生活安全課内でローテーションすることになった。最初にペアを組んだのは橋本だった。

「初めまして、生活安全課の葛城です」

まず千紗が聴取を担当することになり、橋本は脇で記録係を務めた。

宮川は写真に写っていたのと同じ眼鏡をかけ、上下ともに「トメ服」と呼ばれるグレーのスウェットを着ていた。足には緑のサンダルを履いている。

留置されている間、被疑者はボタンやファスナー、フード、紐などがついた服を身に着けることができない。ベルトやネクタイも駄目だ。靴も自分の靴は履くことができない。

さすがに眼鏡は着用が許されるが、昼間だけで夜間は預けなければならない。これらはすべて、自殺防止のためとされている。

被疑者がたまたまトレーナーを着ていない限り、このトメ服とサンダルという格好にさせられるのだ。

「今日は女の刑事さんですか」

宮川は、眼鏡の奥のじっとりとした目で、千紗のことを値踏みするように見た。面と向かって宮川と対峙《たいじ》するのは初めてだ。このとき、千紗は写真でこの男の顔を見たときと同じ違和感に囚《とら》われた。

何なんだろう――？

直感が何かを知らせようとしている気がした。

「ええ、そうです」

頷きつつ、千紗はこの違和感の正体を探ったが、やはりよくわからない。

「厳《いか》つい男の刑事さんに訊かれるより幾分ましですな」

宮川は軽口を叩く。

とりあえず、今は取り調べに集中しなければ――。

千紗は切り出した。

「宮川さん、私も昔、痴漢に遭ったことがあるんです」

「へえ、そうなんですか」

宮川はこともなげに相づちを打った。

千紗の役割は、宮川の口を割ることではなく、揺さぶることだ。

「いきなり、知らない男の人に身体を触られたとき、私は本当に驚いたし、怖かったです。これでも私は子どもの頃から柔道を習っています。高校の時は県で三位になりました。そんな私でも、痴漢に遭ったときは恐怖を感じ、声を出せませんでした。ねえ、宮川さん教えてください。どうして触るんですか。自分よりずっと若い女の子の身体をまさぐって、何が楽しいの？　抵抗しない相手が嫌がることをすると、興奮するんですか」

千紗はまくし立てた。最初、こちらを見ていた宮川は途中で視線を逸《そ》らした。

「私はやっていないと、何度も言ってます」

「三年前はやったんですよね」

「それは……」

「そのときの話を聞いてます。どうして触ったんですか」

「あれは、出来心だった。ちゃんと罪も償った。今の私には関係ない」

「償ったとは、略式で罰金を払ったことですか。そうですね、法的な手続きはそれで終わったんでしょうね。でも、あなたの行為で被害者が心に負った傷が消えたとは限りません よ。そのときの被害者には謝罪やお詫《わ》びをしたんですか」

「謝罪文を書いた」

宮川は視線を逸らしたまま、吐き捨てた。

「そんな紙一枚で、自分の罪が許されたと思っているんですか」

「じゃあ、どうしろって言うんだ」

「何をしても、本当にあなたが許されるなんてことはありません。あなたにできることは、過《あやま》ちを悔い、反省することだけです」

「反省だったらしている」

「いいえ、してません。あなたはちっとも反省なんかしていない。自分の保身だけを考えているんです。だから最初は名前さえ名乗ろうとしなかった」

「違う。俺に前科があるって知られたら、またやったに違いないって決めつけられるからだ」

「次は実刑判決を受けると思ったからじゃないんですか」

「話にならないな。……もう黙秘する」

そう言ったきり、宮川は腕を組んで口をつぐんでしまった。

「黙秘？　何故ですか。何かやましいことがあるから黙るんですか」

宮川は答えようとしない。

「宮川さん、私は今回、被害に遭った女の子から、話を訊きました。彼女もいきなりお尻を触られて、すごく怖かったと言っていました。私には彼女の気持ちがよくわかります。彼女はとても傷ついているんです。前にあなたが触った女の子も同じです。最初は名前も名乗ろうとせず、こうして都合が悪くなったらまた何も話そうとしない。あなたのそういう態度は、被害者の傷口に塩をすり込むような行為なんですよ――」

千紗は、被害者の視点に立ち、また多分に自分の気持ちも込めて、宮川を責め続けた。

宮川は千紗と目を合わせようともせず、ずっと無言のままだった。

その後一時間ほどで橋本と聞き手を交代した。

橋本はフレンドリーな雰囲気で「まあ俺も男だから、むらむらきちゃう気持ちはわかるよ」などと、宮川を懐柔するかのように聞き取りを行っていた。これも役割分担だ。

宮川は橋本に対しては多少受け答えをしたが、肝心の犯行については「やってない」の一点張りだった。

結局、この日の取り調べでも最後まで宮川は自白しなかったが、ペアを組んだ橋本からは「よくやったな。きっとあいつも動揺していたぜ」とねぎらわれた。報告を受けた矢野も「カツラはこれからもガンガン揺さぶってくれ」と言っていた。

ただし、千紗自身は、さほどの手応えを感じてはいなかった。

本当に宮川を揺さぶれていたのだろうか――。

取り調べを受ける宮川の態度には、むしろ余裕のようなものが感じられたのだ。

また、千紗が宮川に覚えた違和感の正体も、最後まで摑むことができなかった。

9

翌日からも、千紗は宮川の取り調べのローテーションに加わった。

取り調べは一種のチームプレーだ。千紗は揺さぶり、橋本は同調と懐柔、そして矢野は脅しと、捜査員はそれぞれの役割に徹し、被疑者を心理的に追い詰め、自供を促すのだ。

並行して被害者、咲良に対する事情聴取も何度か行われた。こちらは、基本、同性の千紗が受け持った。彼女はきわめて協力的で、受け答えもしっかりしていた。犯行時の状況についてはかなり明確になった。

また、県警本部の鑑識で調べてもらっていた繊維片は、咲良の通う県立北女子高校の制服のものだと断定された。

外堀は埋まりつつある。

あとは、宮川の自白が取れるか否かだ。

勾留十日を数えた頃、宮川はこんなことを言った。

「もういい加減にしてくださいよ。何日もこんなところに閉じ込めて、同じことばかり訊いてくる。私の答えは変わりません。痴漢などしていない。もう終わりにして帰してくださいよ。私がやったと思うなら、裁判で決着を付ければいい。私にしてみれば、あなたたちがやっていることは、不当な監禁と、嘘の自白の強要だ。これは人権問題だ」

最大二十三日という勾留期間は、先進国では他に例がないほど長いという。しかも連日長時間の取り調べを行い自白を強いるという警察の手法は、人権派の弁護士からよく槍玉に挙げられる。

確かに過去には警察の取り調べにより、嘘の自白をしてしまい、結果、冤罪となったケースもある。長期にわたる身体拘束や取り調べは、人権上問題がまったくないとは言えないだろう。

しかし実際問題、物的証拠のみで犯罪の証明を行うのはかなり難しい。犯人を確実に裁くには、やはり自白が必要だ。また、捜査段階で自白し自ら罪を認めることで、犯人の反省も深くなると言われている。人権なるものに配慮しすぎて犯罪者を取り逃してしまったら元も子もないというのが、治安維持に携わる者の偽らざる本心だろう。

生活安全課内では、宮川が「人権問題」などと言い出したのは、むしろ音を上げかけているからだという見方が強まった。

ただ、千紗にはそんなふうには思えなかった。やはり、宮川の態度には余裕があるように思える。そして千紗が宮川に対して覚える正体不明の違和感も消えるどころか、大きくなっていくようだった。

そうこうするうちに日は過ぎていった。

駅での聞き込みや情報収集も続けているが、目撃者は見つからなかった。担当検事からは再三「何としても自白を取るように」と申し入れがあった。

課の空気は日に日に悪くなっていった。特に主任の矢野は苛立ち、取り調べは苛烈を極めるようになった。

矢野は暴力こそ振るわなかったものの机を叩き、「この変態野郎」「逃げ切れると思うなよ」「もし釈放されたとしても俺はおまえを許さねえ」「夜道を安心して歩けると思うなよ」などなど、恫喝《どうかつ》とも取れるような暴言で宮川を責めた。

署に閉じ込められ、留置場と取調室を往復し、厳しく責められる日々は宮川にとっても負担のはずだ。しかし頑《かたく》なに犯行を認めようとはしなかった。

そして勾留から二週間が過ぎたある日。

気づきが訪れた。

宮川と対峙しているときではなく、定期的にやっているSNSアカウントのチェックをしているときだった。千紗はようやく、自分が抱き続けた違和感の正体がわかった。

あ、そうだ、眼鏡だ――。

違和感の源は、宮川が掛けている眼鏡だったのだ。

でも、どういうこと？　どうしてこの人がこの眼鏡を……。まさか……。

千紗の脳裏には、一つの仮説が浮かんだ。

10

その翌日、千紗は矢野とペアを組み、宮川の取り調べに臨《のぞ》んだ。

まず、矢野が訊き役を務め、千紗は記録に回った。

「おいこら、この変態野郎！　てめえには人の心がねえのか！　てめえに触られた娘はなあ、悔しいって泣いてんだぞ！　いい加減罪を認めやがれ！」

矢野はスチールデスクを叩き、今にも宮川に襲いかからんばかりに身を乗り出す。

しかし宮川は気味の悪い薄ら笑いを浮かべるばかりだ。
「知らないって言ってるでしょ。その女子高生の勘違いですよ」
「てめえ、いい加減にしろよ」
矢野はドスの利いた声で凄む。
その傍らで千紗は、かつて自分が痴漢に遭ったときのことを思い出していた。
あの恐怖と屈辱は、忘れたくても忘れることができない。
許せない――。
この痴漢は、まるで悪びれることなく、罪の意識すらない。
千紗はじっと宮川の顔を見る。
宮川は視線に気づいたのか、こちらを見て、にやけた顔になった。
「何ですか、女刑事さん。そんな怖い顔しないでくださいよ」
挑発じみた言葉には耳を貸さず、まっすぐに宮川の目を、否、眼鏡を見た。
かすかに宮川の顔が引きつったのを千紗は見逃さなかった。
やっぱり、そうだ――。
千紗は確信した。そして、密かに決断をした。
これは使える。この痴漢には、相応の報いを受けてもらおう。

これは私の戦いだ――。

もし仮説が正しければ、事件はもうすぐ解決するはずだ。あるいはそれは、今日かもしれない。

果たして、開始から一時間ほどした頃、取調室の扉が叩かれた。

「どうした」

矢野が不機嫌そうに扉を開くと、そこには橋本が立っていた。

「目撃者が現れました……」

橋本は小声で告げた。

犯行の瞬間を目撃した者が出てきたなら、自白以上の決定的な証拠になり得る。しかし橋本の顔は真っ青だった。

千紗はパイプ椅子に座る宮川の口元に笑みが浮かぶのを確かに見た。

取り調べは中断となり、宮川は留置場に戻し、一同は刑事部屋に集まった。

この日の朝、駅前交番に二十一歳の大学生が出頭してきたという。駅で情報提供の貼り紙を見たらしい。交番の地域課員は、ついに目撃者が出たかと歓喜したが、その大学生は、期待していたのとは正反対の証言をした。

「電車の中で捕まってた人は、痴漢なんてしてませんでした。被害者の女の子は、別の人の鞄がお尻に触れたのを勘違いしたんです」

地域課員は驚き、その大学生に間違いないか確認した。すると彼は「実は、一部始終をスマホで撮っていたんです」と言うではないか。

この大学生は趣味で自主制作映画をつくっており、たまたま満員電車の風景を撮影していたのだという。ただし、鉄道会社の許可なども取らず、スマートフォンで隠し撮りに近いかたちで撮影していたため、そのことを責められると思い、なかなか出頭に踏み切れなかったというのだ。

地域課員から、彼が撮影したという動画が、メールで送られてきた。

そこには、満員電車の中で近くに立つ咲良と宮川の姿がはっきりと映っていた。位置関係は咲良が証言した通りだ。

大学生の証言のとおり、別の男性の鞄が咲良のお尻に触れ、その直後、咲良が宮川の手を摑み、叫び、周りの乗客が宮川を取り押さえるまでの一部始終が記録されていた。

宮川が無実であることを示す決定的な証拠だ。

動画を再生するパソコンの前に鈴なりになっていた生活安全課の面々は、全員、呆然《ぼうぜん》としていた。

「嘘だろ……」

矢野がぽつりとつぶやいた。

こんなものが出てきたら、宮川を釈放しないわけにはいかない。

かくして、事件は千紗が思ったとおり解決した。

宮川はこうなることを知っていたのだろう。だから、取り調べ中にあの余裕があったのだ。

11

仮説は正しかった。

そのあと起きたことも、概ね千紗が予想したとおりだった。

卑劣な痴漢は報いを受けることになった。

宮川を釈放した翌々日、ユーチューバー、ピコタこと井浦明日翔は、一本の動画を投稿した。タイトルは『冤罪を生み出す刑事の横暴を告発する』。そのオープニングでピコタは、神妙な顔で視聴者に語りかけた。

〈この度私は、警察の手によって危うく痴漢にされかけた人物から、取り調べの最中の出来事を撮影した動画を入手したのです〉

井浦のいでたちは、いつもと一緒だ。眉まで隠れる緑色のマッシュルームカットのウィッグを付けて、白いパーカーを羽織っている。そして黒縁眼鏡。宮川が掛けていたのと、まったく同型の眼鏡だった。

千紗が覚えた違和感は、これだった。

SNSアカウントのチェックをしているとき、ふと井浦のことを思い出し、頭の中ですべてがつながった。

もちろん偶然、同じ眼鏡を掛けていることだってあるだろう。しかし井浦の眼鏡は普通の眼鏡ではない。

それは以前、井浦がアップした『ピコタ復活祭』なるオフ会の動画を観ればわかる。

動画の中では、固定カメラと参加者の主観カメラの映像がテンポよく切り替わる。誰もカメラやスマートフォンのようなものを手にしているわけではないのに、各人の目で見たかのような映像が撮影されている。井浦とおそろいで参加者全員が掛けていた黒縁眼鏡。これにカメラが仕込んであるのだ。そうとしか思えない。

調べてみたところ、小型カメラが仕込まれたメガネは、ネット通販で多く出回っていた。特に精巧に作られたものは、レンズホールは針の穴ほどで、操作するボタンやケーブルのスロットなどは縁に巧妙に隠されており、手に取っても普通の眼鏡と見分けがつかないという。

活動再開後、井浦が眼鏡を掛けるようになったのは、単なるイメチェンではなく、この眼鏡型カメラでより臨場感のある画《え》を撮るためでもあったのだ。一円玉で買い物をする動画も、これで撮影したのだろう。

宮川はこの眼鏡をかけて取り調べを受けていた。つまり撮影していたのだ。留置された被疑者は、服や靴を含め、身に着けるものをほとんど没収されるが、眼鏡だけは例外だ。寝るときは看守に預けるものの、取り調べ中はつけていられる。

〈この変態野郎〉〈逃げ切れると思うなよ〉〈もし釈放されたとしても俺はおまえを許さねえ〉〈夜道を安心して歩けると思うなよ〉

井浦が公開したのは、後半の取り調べで、矢野が宮川を恫喝する場面をまとめた動画だった。画面の中では矢野が机を叩き吠えている。ものすごい迫力だ。モザイクもかからず、素顔が映っていた。〈恐怖の暴力刑事〉などというテロップで煽《あお》られる。

〈偶然なのですが、実は以前僕を不当逮捕し取り調べたのも、この刑事でした〉

井浦はそんなことを宣《のたま》った。

偶然のわけがない。痴漢の捜査なら生活安全課が担当するとわかった上で矢野は嵌《は》められたのだ。井浦を逮捕したときの報復として。

あの痴漢事件自体が狂言、宮川だけでなく、被害者の咲良も、宮川を取り押さえた乗客も、都合よく決定的な証拠を持って現れた目撃者も、全員グルなのだろう。

それを踏まえて、オフ会の動画をよくよく確認してみると、驚くべきことがわかる。画像が粗い上に参加者は全員が井浦と同じウィッグと黒縁眼鏡で変装しており、かなりわかりにくいが、咲良に見えなくもない少女や、宮川に見えなくもない男の姿があるではないか。

井浦は、警察をおちょくるような動画を投稿していたユーチューバーだ。彼のオフ会に参加するようなファンならば、こんな計画に乗ってくるのかもしれない。

咲良を聴取した身としては彼女の話がすべて嘘とは思えない。何度も痴漢に遭っているのは事実だろう。ただ千紗が思ったほど正直な娘でもないのかもしれない。これまで示談になったものの中に、でっち上げが混ざっていたかはわからないが、少なくとも、今回は狂言だった。

また被疑者役の宮川は、井浦と同じかそれ以上に、警察を恨んでいたのではないか。最終的に身の潔白が証明されるとはいえ、何日も勾留され厳しく取り調べられるのは、相当な負担だ。途中で眼鏡がバレるリスクもある。それでも彼は警察の鼻を明かしてやりたかったのではないか。もしかしたら三年前に前科がついた痴漢事件は、冤罪だったのかもしれない。彼は過去に強引な取り調べで、嘘の自白に追い込まれて性犯罪者の汚名を着せられていたのかもしれない……。

いろいろと想像することはあるが、千紗にとっては彼らの動機はどうでもいい。重要なのは、卑劣な痴漢――矢野が、報いを受けたということだ。

毎回参加を強制されていたカラオケ懇親会で千紗は、即席のホステスのような扱いを受けていた。特に矢野は、酔っぱらうといつも、千紗と並んで座り、肩を組み腕をさすった。ときどき「手が滑った」などと言って、胸や尻に触れることさえあった。

明らかな痴漢行為だが、矢野はそうとは思っていないようだった。周りもまったく矢野を諌《いさ》めてくれなかった。

千紗自身も、持ち前の我慢強さを発揮してしまい、強く抗議することはなかった。正直、身体が大きく強面で、直属の上司でもある矢野が怖かったのだ。

惨めで、情けなかった。警察官になっても、全然、強くなれていない。

高校生のときに電車で痴漢に遭ったときと同じで、黙って耐えるばかりだった。

結局、それが自分なのだと思う。

私は強くない。言うべきことをちゃんと言えない。だったら――。

千紗が宮川の眼鏡に気づいた翌日、ちょうど矢野とペアを組み、取り調べにあたることになった。千紗は宮川を恫喝する矢野を見ながら、自分がこの男に触られたときのことを思い出していた。

立場を利用した卑劣な行為に罪悪感さえ抱かない矢野のことを許せない。

だから、沈黙した。

宮川が取り調べを撮影していると確信しながら、千紗は何も言わなかった。

井浦の動画の反響は大きく、全国紙やテレビでも報道される不祥事となった。矢野は県警の監察に呼び出され、数日後、依願退職することになった。

井浦や宮川はこれで警察に報復したつもりでいるかもしれないが、もちろんただですむわけがない。取り調べが盗撮されていたことは大問題だ。宮川や井浦のことは県警本部が直々《じきじき》に、調査を行うという。早晩、彼らの企みは暴かれ、何らかの罪に問われることになるだろう。

しかし、途中で千紗が気づいていたことは、黙っていれば誰にもわからない。

言うべきことをちゃんと言えないのなら、いっそのこと何も言わなければいい。

それが強くない私の、戦い方だ。

破戒

The Tragedy of the "W" Prefectural police

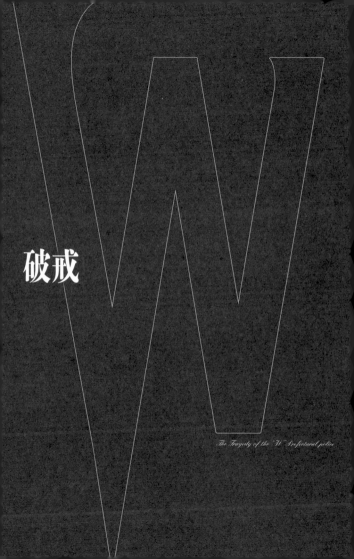

ああ、神よ、神よ。

あなたが嘘を憎んでいることはわかっています。「隣人に関して偽証してはならない」あなたは、モーセの手を借りてそう戒めた。あなたがすべてを見ていることもわかっています。けれどどうか、今夜だけは、目を逸《そ》らしていて欲しい。これから私が吐《つ》く嘘を赦《ゆる》して欲しい。

彼は罪を犯してしまいました。嘘よりなお重い殺しの大罪を。しかし彼は決して、己の私利私欲のためではない。慈悲だったのです。隣人を苦しみから救わんと、ただ一途《いちず》な慈悲の心で、殺したのです。ああ、誰が彼を責められましょう。彼に何の咎《とが》がありましょう。彼は紛れもなく、純粋なあなたの信徒でした。彼こそが救われるべきなのです。

だから神よ。赦し給《たま》え。私と〝取引〟をして欲しい。

彼の罪を、私に。

人の法による裁きは、私が代わりにすべてを引き受けます。だからお願いします。神の法による裁きにおいては、どうか、どうか、彼を赦し給え――。

祈りながら、佐山《さやま》伸一郎《しんいちろう》は、電話機のプッシュボタンを押した。
１、１、０。
電話はすぐにつながり、受話器の向こうでオペレーターの声が響いた。
〈はい、１１０番緊急電話です。事件ですか、事故ですか〉
佐山は口を開きかけたが、声が出なかった。唾液がねばるのを感じる。
片方の手で胸のロザリオをぐっと握りしめた。
神よ。どうか、この取引に応じてください。
〈もしもし、何かありましたか〉
オペレーターが、問いを重ねる。
佐山は一度唾を飲み込み、再び口を開いた。
「あの……、父を殺してしまいました」

1

事件は、夜起きた。

W県警日尾《ひび》署刑事課所属、滝沢純江《たきざわすみえ》のスマートフォンが震えたのは、晩ご飯を終えて、家族で団欒《だんらん》しているときだった。

夫はキッチンで洗い物をし、純江はリビングで長男と次男とともに、テレビを観ていた。クイズ番組だ。〈神父と牧師、カトリックの聖職者はどっち？〉という問題が出た直後に、その電話がかかってきたのは、あとから思えば奇妙な偶然だった。

純江はソファから立ち上がり、部屋の隅に移動すると首からストラップで提《さ》げているスマートフォンを摑《つか》んで、耳に当てた。

〈スー、悪いんだが、今から出られるか〉

刑事課長の柴崎《しばさき》の声がした。

「事件ですか」

〈ああ、殺しだ。現場は南中町《みなみなか》。被疑者が自分で通報してきた。応援を頼めると助かる〉

自宅から比較的近くの町だった。

キッチンの夫をちらりと見ると、電話の内容を察したのか、ぎこちない笑顔を浮かべ、片手の人差し指と親指で輪を作ってオッケーのサインを出した。「家のことは大丈夫だから行っておいで」という意味だろう。

でも、はっきりとは言ってくれないが、今日、夫はあまり調子がよくないようだ。

大丈夫だろうか。

内心で躊躇《ためら》いつつも、純江は答えた。

「はい。行けます」

結婚を機に一度警察を退職して家庭に入った純江が職場復帰を果たしたのは、今年の頭のことだ。

団塊世代のベテランたちがごっそりと現場から退《しりぞ》いたため、現在、どこの警察も深刻な人手不足にあえいでいる。特に人手が足りないのは、所轄の刑事課だ。そもそも刑事を志望する警察官の数が年々減っており、人手不足の煽《あお》りをもろに受けているのだという。

一昔前まで、警察の門を叩く者の多くは刑事に憧れ、刑事になることを目指していた。女性でも、刑事を志望する者は少なくなく、純江もまたその一人だった。しかし、昨今は、シビアかつハードになりがちな刑事を敬遠する向きが増えているという。これも時代なのかもしれない。

とはいえ、手をこまねいていては、現場は回らない。そこで県警は、刑事経験者を中心に退職者の再雇用を積極的に進めている。去年の暮れ、純江の元にもリクルーターがやってきて、誘いに乗った次第である。

純江にとってもタイミングがよかった。

中学と高校の同級生だった夫は大手ＩＴベンダーに勤めるＳＥだったのだが、うつを発症してしまったのだ。もともとかなり労働時間が長く無理を強いる気風の会社だったが、特に相性のよくない上司の下についたのが引き金になったようだ。そしてついに働けなくなってしまい、退職した。

仕事を辞めてから表面的には、うつの症状は回復したように見えるが、体調にかなり波があるようだった。医師には、しばらく療養した方がいいと言われた。

当面、生活するだけの貯蓄はあったし、地元なので互いの実家も近く、いざとなったら頼ることもできる。が、ずっと貯金を切り崩して生活するのは不安だ。

そんな矢先に転がり込んできた再雇用の話は、渡りに船だった。公務員でかつ公安職である警察官の仕事は、純江がやれそうな他のどんな仕事よりも給料がよかった。

かくして夫は療養をしつつ、できる範囲で家事を受け持ち、純江が警察官に復帰し働くことになったのだ。

県警も純江が働きやすいよう地元の所轄、日尾署に配属してくれた。が、だからといって事件は何の配慮もなく起きるものであり、今日のように夜に呼び出しを受けることも、ままある。

これまで問題が起きたことはないが、夜、夫と子どもだけにして家を空けるのは、どうしても不安を覚えてしまう。特に今日みたいに夫の調子がよくない日は。かといって、不安を露《あら》わにしてしまえば、それが伝播《でんぱ》し夫の調子がますます悪くなるかもしれない。

平常心だ。行くと決めたら、しっかり仕事をすることに集中しよう。

「現場はどこですか？」

純江は柴崎に尋ねた。

〈南中町三—十二—九。カトリック日尾教会〉

「えっ？」と、思わず声が出た。

〈知ってるのか？〉

「はい。一応」

〈ここの、佐山伸一郎って神父は知り合いか〉

「は、はい」

スマートフォンを持ったまま頷《うなず》いた。

地元の警察署に勤めていれば、事件の関係者が知り合い、という事態が起きても不思議ではない。日尾署に配属が決まってから、もしかしたらそういうことがあるかも、とは思っていた。

しかし、柴崎の口から名前が出た聖職者は、およそ犯罪とは結びつきそうにない人物だ。

まさか彼が殺されたのか。

　スピーカーの向こうで小さな舌打ちが響いた。

〈参ったな。その神父が被疑者だ。おまえとの間柄はどんなもんだ〉

　被疑者……。つまり殺した側ということだ。被害者の聞き間違いじゃないのかと、耳を疑った。

〈おい、スー？〉

「あ、はい。すみません。面識はありますが、特別、深い関わりはありません。もちろん利害関係もありません」

　純江は答えた。

　事件の関係者、特に被疑者と強い結びつきや利害関係がある捜査員は、原則として捜査に参加することはできない。

〈本当だな〉

　柴崎が念を押す。

「はい。大丈夫です」

　純江と佐山神父の間に、捜査に支障をきたすような利害関係はない。純江はクリスチャンというわけではないから、宗教的な結びつきもない。

ただ、あの人は私の恩人ではあるけれど――。

藪蛇《やぶへび》になりそうなことは言わず、一番気になることを尋ねた。

「あの、佐山神父が被疑者ということは、彼が誰かを……」

〈父親だ〉

柴崎は食い気味に言った。

〈介護の負担に耐えきれず、父親を殺《や》っちまったらしい〉

2

その教会は、住宅街の外れの、広くゆるやかな坂の上にある。

敷地の手前には数台の警察車両が停まり、制服警官が一人で規制線を張っていた。特に野次馬の類《たぐい》は集まっていないようだ。

純江は自分の車を警察車両の一番後ろに停めて、運転席から降りる。制服警官が近寄ってくるので、手帳を見せて「刑事課の滝沢です」と名乗った。

制服警官は「ご苦労様です」と敬礼し、純江を教会の敷地に招き入れてくれた。

敷地の広さは、百坪以上もあるだろうか。正面は蔦《つた》を絡めた壁に囲われ、背後には雑木林が広がっている。手前側はよく手入れされた芝生の庭になっており、奥に二つの建物が建っている。

一つは、聖堂。南欧風の洋館で、壁は白く、屋根は緑色。ステンドグラスの明り取り窓があり、屋根には大きな白い十字架が掲げられている。

もう一つは、神父の住居である司祭館。こちらは聖堂に比べるとだいぶこぢんまりとしている。住宅街に建っていても何の違和感もない小ぶりな洋風住宅だ。玄関のところに「佐山」という表札が掲げられている。

佐山神父はこの司祭館で、父親と一緒に暮らしていた。カトリックの神父は妻帯を禁じられており、佐山神父には父親以外の家族はいなかったはずだ。

ふと空を見上げると、聖堂の白い十字架の向こうに、夜の裂け目のような三日月が浮かんでいるのが見えた。

純江が初めてこの教会を訪れたのは、高校二年生のときだ。

通学に使っていた電車の中からも、聖堂の十字架が見えるので、ここに教会があるのは知っていた。

あの日、純江は初めて学校をサボった。半《なか》ば衝動的に電車を降りて、この十字架を目指して歩いた。

言ってしまえば逃避だった。

その前の週、純江はずっと憧れていた剣道部の先輩に告白をして、見事に玉砕したのだった。

今にして思えば、本当に他愛のないことだけれど、当時の純江にしてみればきわめて重大な問題だった。学校に行くのが憂鬱《ゆううつ》で仕方なかったし、どうして私の気持ちをわかってくれないのかと、その先輩を恨めしく思いさえした。

十字架に惹《ひ》かれたのは、やはり救われたかったんだろうか。それは自分でもよくわからない。ただ単に、目についた大きなシンボルに引き寄せられただけ、なのかもしれなかった。

繁華街でも何でもない町だったからか、特に補導員に出くわすこともなく教会までたどり着いた。敷地の外から聖堂の扉が開け放たれているのが見えた。純江はふらふらと庭に足を踏み入れ、そっと中を覗《のぞ》き込んだ。

高い天井、ステンドグラス、パイプオルガン、イエスやマリアの像が設置された祭壇。時折、テレビや映画に登場する教会の様子よりも、生で見たそれらは全体的にくすんでいて、ひっそりとした実在感を備えていた。

教会の中って、こうなっているんだ。

ぼんやり眺めていると、背後から声をかけられた。

「どうしましたか？」

びっくりして振り返ると、黒い僧衣に身を包んだ男性が立っていた。それが、佐山神父だった。

「す、すみません、あの、道に迷ってしまって――」

わけのわからぬいいわけをする純江に、佐山神父は少し悪戯《いたずら》っぽい笑みを浮かべて言った。

「ならば、あなたは正しい。ここは迷った人が来る場所ですから。よかったら、少し休んで行かれたらどうですか。どうせ、今から急いでも学校は遅刻でしょう」

言われるまま、純江はその日の午前中をずっと聖堂で過ごした。何をするでもない。何となく、中を見て回り、あとはただ、信徒席に腰掛けてぼんやりしていただけだ。

佐山神父は何か雑事をしているようだったが、特に話しかけてくることはなかった。その時間は、純江にとってとても心地のいいものだった。

もちろんこれで失恋の痛みがなくなったわけではないけれど、少しだけ軽くなったような気がした。

お昼頃に、お腹《なか》も空いてきたので、学校を早退したことにして家に帰ろうとしたとき、佐山神父はこう言ってくれた。

「もしまた休みたくなったら、いらっしゃい。門はいつでも開いてますから」

何か嫌なことがあったときは、ここに逃げ込めばいい――そう思うと、とても安心できた。いざとなったときのための避難場所があるということで、純江は次の日からどうにか学校に行けるようになったし、その後、もう二度とサボることはなかった。

またこれをきっかけに、純江はときどき教会に足を運ぶようになった。教会は常に広く門戸を開いており、クリスマスやイースターなど、信徒以外でも楽しめるイベントも多くあった。

キリスト教に入信したわけではなかったし、足繁く通うというほどでもなかった。ごくたまに、イベントの日に予定が空いていれば顔を出すといった程度だった。大学を出て警察官になってからは仕事の忙しさもありしばらく疎遠になったが、結婚して子どもが生まれたあと、何度か家族を連れてイベントに足を運んでいる。

最後に訪れたのは、確か、三年前のクリスマス会だ。子どもと、夫も連れて四人で参加した。

あのときは、神父の父親――佐山徳治《とくじ》もイベントに参加していた。信徒有志に混じって讃美歌を歌っていたのを記憶している。そんな父親に向ける佐山神父の眼差しは優しかった。

わずか三年ののちに、あの二人の片方が殺人事件の加害者になり、もう片方が被害者になるなどと、あの場にいた誰も想像しなかっただろう。おそらくは、本人たちを含めて。

3

純江が現場である司祭館の前にたどり着くと、ちょうど玄関の扉が開き、ぞろぞろと四人の男が出てきた。制服警官が二人と、純江の同僚でもある刑事課のベテラン、峰岸《みねぎし》。そして佐山神父だ。

佐山神父は二人の制服警官に挟まれるようにしている。おそらく、署に連行され、そこで詳しい事情聴取を受けるのだろう。

ちょうど鉢合わせするかたちになって、全員が足を止めた。

「きみは……」

最初に口を開いたのは佐山神父だった。まさか知り合いに会うと思わなかったのだろう、目を丸めてこちらをじっと見ている。

直接顔を見るのは三年ぶりだ。少し痩せたように思えるが、印象はあまり変わっていない。

「ご無沙汰してます。今年から警察に戻りました」

「そうか……」

言いたいこと訊《き》きたいことは、山ほどあったが、純江は道を空けるように身を避けた。

峰岸が「行ってくれ」と、制服警官たちを促《うなが》した。二人は無言で頷き、佐山神父を連行してゆく。

「スー、知り合いなんだって?」

峰岸が尋ねてきた。

「はい」

「そうか。自分で取り調べたいかもしれんが、とりあえず現場を手伝ってくれんか」

峰岸は、顎《あご》で司祭館の中を指すようにした。

「わかりました」

佐山神父との間に利害関係はないが、冷静な取り調べができるかは自分でもよくわからない。やはり他の人にやってもらうのが妥当だろう。

峰岸は佐山神父を連行する制服警官の後を追う。

純江は彼らが出てきた司祭館に入った。

司祭館は、外観だけでなく中もごく普通の住宅と変わらなかった。二階建てで、一階にダイニングキッチンと、六畳の部屋が一つ。二階には六畳と四畳半の二部屋、というつくりなので、間取りとしては3ＤＫだ。

玄関を上がって右手にある一階の部屋が現場のようで、覗き込むと三人の男が鑑識作業をしていた。署の鑑識係の小倉《おぐら》、あと二人は応援に駆けつけた地域課の捜査員のようだ。

「あ、ごくろうさんです」

小倉が純江に気づいて声をかけた。

「お疲れさま」

純江は部屋に入る。

被害者である父親の寝室だろうか。家具は大小二つの箪笥《たんす》と窓際に設置された介護ベッドだけ。ベッドの上には、死体があったことを示す人型のテープが貼ってある。遺体はすでに検視を受けて運び出されているようだ。

「スーさん、知ってる人なんですよね。その、何というか、ご愁傷様です」

小倉が気遣わしげに言った。

「大丈夫よ。そんなに深いつながりがあったわけじゃないから」

純江は苦笑してみせた。

「それより、状況は？」

「あ、はい。詳しいところは解剖の結果待ちですが、死因は絞殺。凶器は部屋にあった延長コードです」

「本当に、あの佐山神父がやったの？　事故か何かじゃないの」

小倉はかぶりを振った。

「本人が供述しています。ホトケの首筋にも、かなりはっきりと吉川線《よしかわせん》が出ていて、検視でも絞殺と断定されました」

首を絞められた被害者が苦しさのあまり首筋を搔《か》きむしったときにできる傷痕のことを吉川線という。普通、自殺や事故のときはこのような傷痕はつかないので、絞殺あるいは扼殺《やくさつ》の強力な証拠になる。テレビドラマなどでも、殺人を見破る決め手として描かれることが多い。ちなみに、大正時代の警視庁の技官、吉川澄一《ちょういち》が最初に着目したことで、この名が付いたという。

「神父は自分で通報したのよね」

「そのようです。我々が、現着したときも、彼はこの場で自供しました。寝ている父親の枕元から、コードを首に掛けて殺したと」

小倉はベッドの枕元に立ち、そこで何かを引っ張るようなジェスチャーをした。

「そう……。他に詳しい話は聞いている？」

「あ、はい」

小倉は手帳を出して、答えてくれた。

「被疑者は、今日、W県全体の教区？　っていうんですか、その集まりがあってずっと外出していたそうです。で、昼の間は、助祭？　という人が教会にいたそうですが、まだ裏は取れてません」

「助祭って、吉村《よしむら》さん？」

助祭とは、神父（司祭）の補助的な役割をする聖職者のことだ。

この教会の助祭、吉村とは顔見知りだ。一定期間、助祭を務めた者は神父になるのが普通だが、吉村は神父にならない「終身助祭」であり、純江が初めてここを訪れた頃からずっと、佐山神父の補助をしている。終身助祭は、神父になれない代わりに、妻帯が赦されており、吉村は教会の近くに自宅を持ち、そこで夫人と暮らしていたはずだ。

「そうそう、吉村という人と、あと、畠山《はたけやま》って人も」

畠山、という名前には聞き覚えがなかった。この三年の間に、やってきた新しい助祭だろう。

小倉は続ける。

「被疑者が帰ってきたのは二十時過ぎ。このときは、畠山という助祭が一人で留守番してて、吉村の方はもう帰宅していたみたいですね。それで、被疑者は畠山のことも家に帰して、それからすぐ、犯行に及んだと証言していました。動機は介護疲れのようです。心身ともに疲れ果てており、また、寝たきりになってしまった父が哀れでならなかった、と。詳しいところは、峰岸さんが署で訊いてます」

「ええ、さっき、すれ違った」

純江はベッドに貼られた人型のテープを見つめる。

統計上、殺人事件の犯人は被害者の家族であるケースが最も多く、全体の半数を超える。そして多くは今回のように加害者が自分で通報してくる。このような場合、殺人事件捜査のエキスパートである県警捜査一課の出番はないし、捜査本部は設置されない。県警からは検視官のみが派遣され、あとは所轄の少人数で、事件の詳細を確認するための捜査が行われる。

「私は何をすればいい？」

「あ、はい。こっちは三人で十分なんで、二階を手伝ってください」

県警の捜査一課が出てくるような事件では、現場の鑑識は、専門の鑑識チームで行うが、このような事件の場合は、手の空いている所轄の捜査員、全員で行う。

「わかった」

二階へ向かうと、署の刑事課の同僚と応援の地域課員が二人で、部屋と廊下を調べていた。何か証拠になるものがないか探し、念のため、床に落ちている髪の毛や、ドアノブなど人が手を触れそうなところの指紋を採集する。

純江は、二階にある二部屋のうち、狭い方の部屋を受け持つことにした。

そこは佐山神父の書斎のようだった。フローリングの四畳半の窓際に大きめのデスクがあり、壁は一面、本棚になっている。並んでいるのは、キリスト教関係の本ばかりのようだ。洋書もかなりの数がある。

日記でもあれば何か手がかりになるかと思い物色したが、それらしきものは見つからなかった。

デスクの上には、写真立てがあり、一葉の写真が飾られていた。

古い写真だ。佐山神父が、両親らしき二人と並んでいる。佐山神父も父親も、今よりもかなり若い。佐山神父は黒い僧衣姿、両親はどちらもスーツを着ている。もしかしたら、聖職者としての叙任を受けたとき記念で撮ったものではないだろうか。

以前、聞いた話では、佐山神父の両親はどちらも敬虔《けいけん》なカトリックの信徒であり、彼はその影響で神学を学び、やがて聖職者になったという。

この教会の神父になってからしばらくは、司祭館には佐山神父が一人で暮らし、両親は市内のマンションに住んでいた。しかし今から十年ほど前、神父の母親が癌《がん》により急逝《きゅうせい》してしまった。神父は独りになった父を呼び寄せて、以来、一緒に司祭館で暮らしていたはずだ。

写真の中の神父の両親は満面に笑みを浮かべている。特に父・徳治の笑顔には力強い誇らしさが滲《にじ》んでいた。

信仰を持つ者にとって、我が子が聖職者となったことは、この上ない喜びだったのだろう。

なのに……。

まさかこの神父が、人殺しになるだなんて。

言うまでもなく、殺人はキリスト教においても禁忌《きんき》とされている。かのモーセの十戒《じっかい》の中に「殺してはならない」という不殺の戒めがある。

が、現に事件は起きてしまった。

動機は介護疲れというが、それは戒めを破らせるほどに過酷なものだったのだろうか。

――家族なんて、地獄だよ。

昔、結婚退職することを決意したとき、同期の女性警察官に言われた言葉を思い出す。

松永菜穂子《まつながなほこ》。警察学校時代、純江は彼女といつもトップを争っていた。いや、実際のところトップをとるのは大抵、彼女の方だったので「争っていた」とは言えないかもしれないけれど。

菜穂子は優秀なだけでなく志も高かった。「純江。私たち、偉くなろう。偉くなって一緒に県警を改革しよう」よくそう言っていた。旧態依然とし女性蔑視《べっし》的な気風の根強いW県警を、自分たちで変えていくんだと。

純江はそんな菜穂子に共感したし、彼女が一緒にと言ってくれたことが嬉しく、励みになった。警察学校を卒業して任官したときは、菜穂子とともに幹部を目指そうと思っていた。

でも、同窓会で再会した夫と交際し始め、純江の考えは変わった。県警の改革は菜穂子や他の誰かでもできる仕事だ。けれど夫と安定した幸せな家庭を築くことは自分にしかできない。もちろん大いに迷いはしたが、純江は最終的に警察を辞めて家庭に入る決断をした。

菜穂子はそれを理解してくれず純江を責めた。

ライバルだと思ったのに、一緒に県警を変えていける仲間だと思ったのに。裏切られた気分だよ。あなたは、上を目指せる人だよ、なのにどうして目指さないの。どうして古い価値観に縛られて主婦になんてなるの――、と。そして彼女は言ったのだ「家族なんて地獄」と。どうやら菜穂子は家族というものにあまりいい思い出がないようだった。

ライバルとか仲間とか、菜穂子がそんなふうに思ってくれたのはとても光栄だった。彼女の期待に応えられないことを心苦しく思った。が、考え方の隔たりも感じた。

純江としては、古い価値観に縛られているつもりなんてなかった。上を目指せるなら目指すべきと、志を義務のように捉えることにも違和感があった。むしろ菜穂子に強く言われれば言われるほど、自分は自分の価値観にしたがって選ぶべき道を選んだんだと、思うようになった。

あれから、もう十五年以上か……。

純江が職場に復帰すると、菜穂子はW県警史上初の女性警視になっていた。次の人事では、警視正に昇進し、いよいよ幹部に名を連ねる見込みだという。彼女はいつかの言葉通りに「偉く」なっていたのだ。

やろうと思ったからといって、簡単にできることではない。女であるだけでナチュラルに一段低く見られるこのW県警で、菜穂子は並大抵ではない困難や苦労を重ねてきたことだろう。おそらくは、一人きりで。本当に、すごいと思った。

同時に、頭の隅でｉｆを考えてしまうこともある。

もしも、あの日、家庭に入らず、結婚さえせずに、菜穂子と「上」を目指していたとしたら、今頃、私はどうなっていたのだろう――と。

4

現場の捜索は、夜半まで行われた。同じ頃、署の取調室では、佐山神父に対する聴取が行われ、彼は素直に応じていた。

これによれば神父の父、佐山徳治は、およそ一年半ほど前に脳梗塞《のうこうそく》を発症。その後遺症で下半身と左手に麻痺《まひ》が残り、首と右手しか満足に動かせなくなった。日常生活のほぼすべてに対して介護が必要な寝たきり状態だったという。

一般に寝たきりになり運動量が減ると認知症を発症しやすくなると言われているが、徳治も御多分に漏れなかったようだ。徳治の認知症の症状にはかなりの波があったようだが、ときに神父のことがわからなくなることもあった。そんなときは、懸命に介護しようとする神父に感謝するどころか「誰だおまえは！　悪魔か！　去れ！」などと、なじることさえあったという。

そんな父親を介護することは肉体的にも精神的にもつらく、また、父親自身も苦しそうにしていたため、いつしか楽にしてやりたいと、神父は思うようになった。

この日、犯行に及んだのは、何か決定的なきっかけがあったからではなかった。半ば衝動。司祭館に帰宅したとき、徳治は半覚醒状態でうつらうつらしながら、ベッドの上で大便を漏らしていた。こんなことはよくあることで、初めてというわけではなかった。しかしその姿を見た瞬間、神父は自分の中に少しずつ溜まっていた何かが、閾値《しきいち》を超えるのを感じた。

視界の端に、延長コードが見えたことは記憶があるが、そのあとは、我を忘れた。そして気がつけば、そのコードを握り、父親の首を絞めていたという。


翌朝には、教会の二人の助祭、吉村と畠山への事情聴取も行われた。

純江は面識のない畠山の聴取を担当することになった。

彼はまだ若い二十代の聖職者だった。シュッとした細面《ほそおもて》で、目が小さく神経質そうな印象の顔立ちだが、憂《うれ》いのある美男子に見えなくもない。佐山神父と同じように、敬虔な信徒の家庭で育ち、都内のミッション系の大学の神学部を出ているという。吉村のような終身助祭ではなく、のちのち神父になるため、半年くらい前からカトリック日尾教会で助祭を務めているとのことだった。

畠山は教会の近くのワンルームマンションに住んでおり、早朝訪ね事情を説明すると、当然のことながら酷く驚いていた。「本当に、佐山神父がお父様を？　何かの間違いではないのですか？」畠山は、食ってかかるように、問うてきた。

本人が犯行を認めていることを伝えても、「そんな馬鹿な、あり得ない。そんなことは絶対にあり得ません！」と真っ青な顔でかぶりを振るばかりだった。

彼は、信仰に対する姿勢においても、人格においても、佐山神父のことを尊敬し、師として慕《した》っていたらしい。

動揺する畠山をなだめ、落ち着くのを待ってから、佐山神父が父親の介護を負担に感じていたことを知っていたかを尋ねてみた。

すると畠山は、そのすっきりとした顔を大きく歪《ゆが》め、「それでも、佐山神父がそのようなことをしたとは到底信じられませんが……」と、前置きしたあとで、頷いた。

「お父様の介護で佐山神父が苦労されていたのは間違いありません。ヘルパーを呼んではいましたが、それでも、食事、排泄《はいせつ》、移動など、人としての営みすべてを介助し続けるのは、並大抵なことではなかったと思います。また何より、認知症でお父様と心が通じなくなってしまうことが、つらそうでした。私も、お父様が、介助しようとする神父に『この悪魔！』などと、冒瀆的《ぼうとくてき》な暴言を吐くのを見たことがあります。自分が神父の立場だったら、どれほど悲しいだろうと思いました。それに……お父様もまた、苦しんでおられました。認知症の症状には波があり、ときどき、お父様は正気を取り戻すのです。そんなとき『神父に迷惑をかけてしまっている』などと、それはそれは悲しそうに言うのです。正直に申し上げれば、私も、お父様に安らかな永遠の休息が訪れ、神父とともに苦しみから解放されることを、祈ってしまったこともあります」

と、ここまで言って、畠山は言い過ぎたと思ったのか顔色を変えて「いや、それでも、神父がお父様を手に掛けたなどとは、思えませんが」と、繰り返した。

とまれ、寝たきりの父を介護する佐山神父の負担は、傍目《はため》にも死を願ってしまうほどのものだったようだ。犯行動機の面では神父の証言の裏が取れたかたちだ。

次いで純江は、畠山に昨日一日の教会の様子を尋ねた。

これも佐山神父が供述したとおりだった。昨日は畠山は吉村と二人で、神父が留守にしていた教会を守っていたという。

午前中と午後に数名の信徒が礼拝に訪れており、また、昼の十一時から十六時までは、司祭館にヘルパーが来ていて徳治の世話をしていたという。

家庭のある吉村は、特別なイベントなどがなければ、十八時に帰宅するのが常で、昨日もそうだった。十八時以降の留守番は、畠山一人になった。

佐山神父が本部から戻ってきたのは二十時過ぎ、正確には二十時十分頃。この間、畠山は司祭館には一度も近づいておらず、徳治がどんな様子だったかは、わからないという。帰宅したときの神父は普段どおりで、特に変わったことは感じなかったそうだ。事務的な申し送りをしたあと、畠山も帰宅。コンビニに寄って自宅マンションに着いたとき、二十時四十分くらいだったというから、教会を出たのは二十時二十分前後と思われる。

佐山神父は「犯行に及んだ時刻は正確に覚えていないが、畠山くんが帰宅した直後」と供述しているので、犯行時刻は、二十時二十五分前後ということになる。

聴取のあと、他の刑事が調べた吉村の証言や、教会を訪れた信徒やヘルパーの証言と突き合わせたところ、大きく矛盾するようなところはなかった。

ずっと佐山家を担当しているというヘルパーの女性によれば、徳治の様子は日によってかなり違うのだが、昨日はかなりよいほうだったようだ。少なくとも昼の時点では、見当《けんとう》識《しき》もしっかりしており、昼食も機嫌良く食べてくれ、介助も楽だったという。彼女は「毎日こんなふうだったら、どんなにいいだろう」と思ったそうだ。

加害者の佐山神父以外で、被害者の最後の姿を見たのは、吉村のようだった。彼は帰宅する直前の十八時頃、一度、司祭館を訪れ徳治の様子を確認したという。

吉村は徳治とも付き合いが長いこともあり、佐山神父が留守のときには、徳治の世話をすることもあったらしい。このとき徳治はよく眠っており、特に糞尿を漏らしている様子もなかったので、吉村は、そのまま起こさないように立ち去った。なお、寝息も確認しており、この時点で徳治がまだ生きていたのは間違いないという。

事実関係については、疑いようがなく思えた。

また、畠山をはじめ、聴取を受けた者全員が、「佐山神父は心底父親を尊敬し、また愛していた」という意味の証言をしていた。

それは、純江も知っていた。最後に会ったクリスマス会の席で、佐山神父は一見《いちげん》の客に徳治のことを紹介するとき、こう言っていた。

「私を神の道へと導いてくれたのはこの父です。父は幼い頃から、信仰の尊さを私に教えてくれ、また、常に私の手本たる敬虔な信徒でした。今、こうして私は神父という立場になりましたが、父は生涯、私の師であるのです」

対して、徳治の方も、少し照れたように目を細めて言った。

「息子は……、いや、神父はこのように言ってくださったが、老いては子に従え、です。今となっては、私の方こそ神父によって導かれております。私は本当に幸せものです」

佐山神父と徳治の親子関係は、信仰を持たぬ純江にも、理想に思えた。

ただ、今にして思えば、あのとき徳治は、こんなことも言っていた。

「しかし、最近は足腰が弱ってかないません。そのうち介護が必要になったら、神父に導いてもらうどころか、えらい迷惑をかけてしまいそうで怖いです」

　このとき、徳治は笑みを浮かべ冗談めかしていたのだが、なんとも皮肉だ。

　純江は、教会に顔を出すようになりキリスト教に興味を抱きつつも、結局、信仰に至らなかった理由を思い出さずにはいられなかった。

　もしこの世に全知全能の神がいるのだとしたら、どうして理不尽な悲しみや苦しみがあるのか。今日もこの世界のどこかで、戦争で人が死に、何も悪いことをしていない人が騙《だま》され、子どもが飢えている。純江の通っていた学校にも、いじめがあったし、そもそも、どうして神様が純江に失恋させたのかもわからない。

　キリスト教に限らず、すべての一神教が抱えるこの矛盾を、どうしても飲み込むことができなかった。

　一度、佐山神父にストレートに疑問をぶつけてみたことがある。

　なぜ全知全能の神様がつくったはずのこの世界に理不尽な苦しみや悲しみがあるのですか、と。

　神父は優しい笑みを浮かべて、答えた。

　――試されているのです。

そして、聖書に登場するヨブという男の物語を聞かせてくれた。

は、敬虔な神の信徒で、多くの人々に尊敬されていた。あるとき、悪魔《サタン》が神に賭けを持ちかける。ヨブあるいは、何らかの利益を期待しての偽物なのか、確かめてみないかと。

　神は賭けに乗り、悪魔がヨブに様々な苦難を与えることを許す。悪魔はヨブの家族を殺し、財産を奪い、更には姿が変わり果てるほどの酷い皮膚病にする。ヨブはこの理不尽な苦しみに耐え続け、神を恨むどころか讃《たた》え続ける。「主は与え、主は奪う」と。己の利害を超越した純粋な信仰を保ち続けることを証明してみせ、最後には神によって救われる。

　純江はこのヨブの話に信仰の尊さよりも、むしろ神なるものの残酷さを感じた。自分のことを信じてくれている人を賭けの対象にしてあれこれいたぶるなんて、意地悪が過ぎる。

　佐山親子は、まるでヨブではないか。信仰に人生を捧《ささ》げてきた父と子にこんな理不尽な運命を与えるなんて、神はあまりに非情だ。

　純江のごとき凡人には、この事実から導き出せるのは、やはり本当はこの世に神なんていない、という結論だけだ。

　不殺の戒めを破ってしまった今、神父は何を思うのだろうか。

　ただ、この事件は、被疑者が聖職者という比較的珍しい職業であることを除けば、ありふれた事件とも言える。

少子高齢化を背景に、介護殺人の発生件数は、年々増加している。

いつか菜穂子が言ったように、ときに家族は地獄になり得る。

残酷だけれど、ありふれた悲劇――そう思っていた。まだ、このときは。

5

「しかし、参ったな」

刑事課長の柴崎は、眉間に皺《しわ》をよせて頭を掻《か》く。

「何かの間違いじゃないんですか」

ベテランの峰岸がぼやくように言った。

鑑識係の小倉はかぶりを振る。

「担当医は自信を持っているそうです。十九時頃に殺害された可能性が最も高く、誤差を鑑《かん》みても二十時以降ということは、あり得ないとのことです」

「じゃあ、なんだ、あの神父はシロってことか」

事件発生から四日目。

日尾署刑事課の面々は会議室に集まっていた。みな一様に渋い顔をしている。すんなりと解決するかと思われていた事件に、予期せぬさざ波がたちはじめていた。

今朝、署に届いた司法解剖の結果が、被疑者である佐山神父の供述とわずかに、しかし決定的に食い違うのだ。

検視と司法解剖によって、佐山徳治の死因は、延長コードを使った絞殺と断定された。死亡推定時刻は事件当日の十八時三十分から二十時までの間に絞り込まれた。

しかしこれまでの佐山神父の供述と畠山の証言からすれば、犯行時刻は二十時二十五分前後とみられていた。死亡推定時刻のリミットである二十時には、まだ佐山神父は教会に帰って来ていなかったはずだ。

つまり佐山神父は、犯人ではあり得ないことになる。

これは、どういうことか。

早速、峰岸が勾留中の佐山神父に確認した。すると佐山神父は血相を変えて、「そんなことを言われても困る」「確かに私がこの手で父を殺した」「時計で確認したわけじゃないから、実は時間は正確には覚えていない。帰ってきたのは二十時より前だったかもしれない」などと一部供述を翻《ひるがえ》した。

が、それでは畠山の証言と矛盾する。

裏を取ったところ、事件当日、佐山神父がW市にある教区の本部を出た時間と、帰宅するために乗った電車の時間まで特定できた。これによれば、電車が最寄りの駅に到着したのが、十九時五十七分。二十時までに教会に戻り、殺害を果たすのは物理的に不可能だ。おまけに、二十時過ぎに駅から教会への帰路を歩いてゆくところも、複数名に目撃されている。

本人だけが懸命に犯行を主張するものの、アリバイが成立してしまっているかたちだ。

「スー、どう思う？」

柴崎が水を向けてきた。

あの佐山神父が、やってもいない殺人をやったと言う理由は、一つしか思いつかなかった。

「……もしかしたら、神父は誰かをかばっているのかもしれません」

「まあ、そうだよなあ」

一同は、曖昧《あいまい》に頷く。

では、だとしたら、誰をかばっているのか？

ここまでの聞き込み捜査では、徳治が誰かの恨みを買っていたというような話は出てきていない。息子を神父に育てた敬虔なキリスト教徒として、尊敬を集めていたくらいだ。

物盗《ものと》りがあった形跡はなく、押し込み強盗とも思えない。現場となった司祭館の中からは、教会関係者以外の指紋や髪の毛は発見されていなかった。

「やっぱり、畠山か」

柴崎は、おそらく誰もが頭の中に浮かべただろう人物の名を口にした。

佐山神父がかばう以上、犯人は顔見知りの誰かだろう。

留守番をしていた二人の助祭のうち、吉村は十八時に帰宅している。つまり、死亡推定時刻である十八時三十分から二十時の間、教会には被害者を除けば畠山一人しかいなかった。

「聴取のとき、やつの様子はどうだった？」

柴崎が尋ねてきた。

「酷く驚いて、動揺していました。尊敬する神父が、父親を殺害したと聞かされたので、無理もないと思ったんですが……。今にして思うと、気になることも随分と言っていました」

「気になること？　具体的に、どんなことだ」

「はい。まず彼は神父が父親を殺すなんてことは『絶対にあり得ません』と、断言していました。それほどまでに信じ難いという意味なのかと思っていましたが……」

「なるほど。やつがホンボシだとしたら、神父が犯人でないと知っているわけだからな」

純江は頷く。

「そうです。それから、佐山神父の介護の様子について訊いたときは、佐山神父も、お父様も、どちらもつらそうだったと言い、神父のお父様に永遠の休息——つまり死が訪れることを祈ってしまったこともある、という趣旨のことを言っていました」

「佐山親子を苦しみから解放することが、畠山の動機になり得るわけか」

「はい。だとしたら、それが佐山神父が彼をかばう理由なのかもしれません」

佐山神父なら、自分のために罪を犯した者をかばい、助けようとしても不思議じゃない。

「ふむ、救いのための殺人ってわけか。いかにも坊さんらしいな」

純江は事件の筋としては、これが一番、濃いと読んでいた。

畠山が、佐山神父の留守中に徳治を殺害。帰宅後それを知った佐山神父は、畠山を説得し、自らが罪を被《かぶ》ることにしたのではないか。

が、敢えて口を挟んだ。また別の可能性もある。

「ただ、その動機だとすれば、もう一人の助祭、吉村さんも抱くかもしれません」

「スー、吉村のことはよく知ってるのか」

「いえ、顔見知りという程度なのですが……、吉村さんは、終身助祭として佐山神父と、長年、苦楽をともにしてきた人です。佐山神父との絆《きずな》は、畠山以上だと思います」

「そうか、ミツ、吉村の様子はどうだった？」

柴崎は、吉村の聴取をした三ツ浦《みつうら》という刑事に声をかけた。

「はい。吉村も事件を知ったときは、酷く動揺して『信じられない』と繰り返していました。今、滝沢さんが言ったように、終身助祭というかたちで、二十年近くあの教会で佐山神父を支えているそうです。歳《とし》は吉村の方が佐山神父より少し上ですが、聖職者としても人間としても、尊敬していると話していました。神父の介護の負担のことも、ずっと心配しており、さすがに死を望むようなことまでは言いませんでしたが、二人とも可哀相でならないとは、言っておりました」

「ふむ……。事件当日のアリバイはどうだ。確認しているか？」

「吉村は、十八時過ぎに教会を出て、まっすぐ自宅に帰り、ついたのは十八時十五分頃、その後、教会には戻っていないと話していました。ただ自分が話を訊いた時点では、被疑者ではなかったので、裏までは取っていません」

「そうか。ともあれ、事件がこうなった以上、畠山と吉村は、単なる参考人から重要参考人に格上げだ。可能な限り、身辺を洗ってくれ」

柴崎は、発破をかけるように、パン、と一度手を打った。

かくして、刑事課の面々は、二人の助祭、吉村と畠山について調べはじめた。

すると吉村の方は、早々にアリバイが証明された。吉村は帰宅後、妻と一緒に自宅から二十分ほどのところにあるイタリアンレストランで、外食をしていたのだ。店には十九時から予約を入れており、時間通りに来店。二十一時頃まで二人で食事を楽しんでいたという。店のスタッフに写真でも確認したところ、「確かにこの人が来た」との証言を得た。移動の時間も考えると、吉村が犯行に及ぶのはほぼ不可能と言えた。

対して畠山の方には、疑惑を増す事実が発覚した。

聞き込みの結果、事件当日の十九時過ぎ、死亡推定時刻の最も可能性の高い時刻に、一人の信徒が教会を訪ねていたのだ。

六十代の初老の女性で、彼女は、夕飯のときに同居する嫁と孫の教育方針について揉め、その話を神父に聞いて欲しくて教会を訪れたという。

信徒の中には、彼女のように、昼夜を問わず衝動的に教会にやってきて、日常生活の愚痴を零《こぼ》してゆく者がいるそうだが、佐山神父は常に門戸を開き、相手の気が済むまで付き合っていたという。学校をサボった純江を受け入れてくれたときの懐の深さは、健在だったようだ。

この日、女性信徒が教会を訪れると、聖堂には誰もいなかった。畠山の証言では、留守番中の彼がいたはずなのにも拘《かか》わらず、だ。

女性信徒は神父が留守にしていることは知らず、司祭館にいるのかと思い、玄関のチャイムを何度か押してみたが反応はなかった。その後聖堂の中で三十分ほど待っていたのだが、誰か来る気配もなかったのであきらめて、自宅に帰ったという。

この女性信徒が訪ねてきたとき、ちょうど司祭館の中で、殺人が行われていたのではないか。少なくとも畠山が嘘を吐いているのは、確かだ。

どうも、おかしい——。

6

刑事課長の柴崎の決断により、日尾署刑事課では、畠山の身柄を取り、取り調べを行うことになった。一応、任意事情聴取のかたちをとってはいるが、事実上の強制だ。

取り調べは、ベテランの峰岸を中心に、課員全員の総力戦で行われることになった。

事件翌日に純江が行った事実確認のための聴取とは違う、はっきりと容疑を向けた取り調べである。朝早くから署に連行し、夜遅くまで十時間以上もぶっ続けで、厳しく問い詰めた。女性信徒の証言と畠山の証言の矛盾をつき、実はその時間、犯行に及んでいたのではないか、と。

しかし畠山は、「ちょうどその時間はトイレに入っていて、気づかなかった」などと、苦しい言い訳を繰り返した。女性信徒は三十分も待っていたのだ。トイレの時間としては長すぎる。それでも畠山は「とにかく私は、絶対にそんなことはしておりません」と、犯行を認めようとしなかった。結局、丸一日かけても、畠山を落とすことはできなかった。

一方、勾留中の佐山神父にも聴取を行い、畠山をかばっているのか問い詰めた。が、彼も「そんな馬鹿な。そもそも彼が父を殺すわけがないじゃないですか」と、頑《かたく》なに否定した。

柴崎は、翌日も引き続き畠山の取り調べを行うことを決め、峰岸も「しぶとい野郎だが、だいぶ弱ってる。もう一息さ」などと強気だった。

しかし純江は強い違和感を覚えた。

畠山はすぐに落ちると思っていたからだ。

これが救いのための殺人で、畠山が佐山神父のために徳治を殺したのだとすれば、佐山神父が自分をかばって罪を被ることに、忸怩《じくじ》たるものがなければおかしい。もちろん誰だって我が身可愛さはある。一度は神父の思いに甘えたかもしれない。しかし、警察に真相を暴かれたなら、素直に認めるのではないか。

この期に及んで犯行を認めないということは、佐山神父に罪をなすりつけているのに等しい。神父を救うために不殺の戒めを破った者が、そんなことするのだろうか。

おかしい。これはどういうことだろう。

事件の筋を読み間違えてはないだろうか。

仮に畠山でないとすれば、佐山神父は誰をかばっているのか。畠山はなぜ嘘を吐いたのか。事件のあった時間、聖堂を空けてどこにいたのだろうか。

その翌日も、朝一番から畠山への取り調べは行われた。

取り調べる刑事は二人ひと組となり、九十分をメドに交替する。一方、取り調べを受ける側の畠山は、ぶっ通しだ。昼と夕方に軽く食事をとらせるが、その他にはほとんど休ませない。いくら否定しようとも「嘘を吐くな」「本当のことを言え」と、問い詰めてゆく。

刑事事件、特に殺人事件の犯人になるということは、人生を棒に振ることでもある。諦めの悪い犯罪者は、それこそ命懸けで犯行を否定する。その口を割らせるのは、並大抵のことではない。正直に喋った方がましだと思うまで、追い込まなければならない。

先日、野倉《のぐら》署での痴漢被疑者に対する恫喝《どうかつ》的な取り調べの様子が暴露され大問題になったため、露骨な暴言は避けるようにしているが、時間をかけて体力と精神力を削ってゆくことが、自白をとるのに有効なのは間違いない。

しかし、彼は本当にやったんだろうか。くだんの野倉署の痴漢事件は、結果としては冤《えん》罪《ざい》だった。もし畠山が犯人でないなら、日尾《うち》署でも冤罪をつくってしまうことになる。

疑問と迷いを消せぬまま、純江が取り調べる番が回ってきた。ペアを組むのは若手の同僚で、基本的には純江が質問することになっていた。

純江の役割は、懐柔だ。

ここまで畠山は強面《こわもて》の刑事たちに散々絞られ、疲弊している。そこに、女性である純江が優しい言葉をかけつつ、「私にだけ本当のことを話して」などと自白を促す。俗に〝よい警官・悪い警官〟と呼ばれる手法だが、よく効く。

改めて、取調室で畠山に相対すると、彼は想像以上に憔悴《しょうすい》していた。

顔色は真っ青で、うつろな目は焦点が合っていない。

スチール机を挟んで、正面に純江が座ると、畠山は独り言のようにつぶやいた。

「僕は本当にやってないんですよ……。信じてください」

被疑者に信じてくれと言われて、信じていたら刑事の仕事は成立しない。だが、この事件に限っては、畠山にはここまでしらを切る理由がないはずだ。

やっぱり、この人はやってないのではないか。

決めた。私はこの人の口を割る――。

そう腹をくくった。しかしそれは、犯行を認めさせるということではない。

「畠山さん、あなたはどうして嘘を吐くんですか」

尋ねると、畠山は俯《うつむ》いて、弱々しくかぶりを振った。

「信じてください。私はやってないんです」

「ええ、そのことは信じます。あなたは、徳治さんを殺してないんですね」

「え？」

思わずといった様子で、畠山が顔をあげた。隣で記録をとっていた若手刑事も、驚いた顔でこちらを見ている。

「あなたはやってない。それは信じます。だから教えてください。どうして嘘を吐くんですか。事件の夜、あなたは聖堂にいなかった。トイレに入っていたというのは嘘ですね。しかし、司祭館で徳治さんを殺していたわけでもない。じゃあ、どこで何をしていたんですか」

「あ、あ……あう……」

畠山が嘔吐《えず》くようにあえいだ。手応えを感じた。この訊き方は効いている。

「教えてください。もしかして、あなたは教会の外へ出ていたんですか？　そこで何か知られたくないことをしていたんですか」

畠山は息を呑んだ。

確信があったわけじゃないが、図星だったのかもしれない。

じゃあ、この人はあの日、どこで何をしていたの？

チャンスと思い、たたみかけた。

「仮にそうだとしても、正直に話してください。それが、唯一、あなたがやってないことを証明する手段です」

「あ……あの……」

「大丈夫。誰にも言いません。私だけに、本当のことを言ってください。それで、あなたはきっと解放されます」

誰にも言わないなんて、もちろん嘘だが、これも方便だ。

「じ、実はあの日、私は――」

畠山は、本当のことを語りはじめた。

事件のあった時間、彼は恋人のマンションにいたという。

あの日、吉村が帰宅したあと、彼の携帯にその恋人から〈今すぐ会いたい。うちに来て〉と、メールが入った。無論、彼とて教会の留守番を放り出すわけにいかない。〈すぐは無理。八時過ぎまで待って〉と返信した。

が、恋人は、かなりやっかいな気性をしているらしく〈嫌だ。すぐに会いたい〉〈会えないと死んじゃう〉などと、メールをよこした挙げ句〈じゃあ、こっちがそっちに行くから〉と、送ってきた。

いくらなんでも教会で逢い引きするわけにはいかない。仕方ないと、畠山は教会を空けて、恋人の家に向かった。普段から夜はほとんど人が来ることもないので、大丈夫だろうとタカをくくったらしい。

これがちょうど十八時三十分頃。それから、どうにか恋人をなだめて、教会に帰ってきたのは二十時直前で、その後すぐに佐山神父が戻ってきた。

この時点では、特に教会に変わった様子もなく、畠山は誤魔化せたと胸をなで下ろしていた。例の女性信徒が、その間に来ていたのだが、無論、それには気づきもしなかったという。

畠山が殺人の容疑をかけられても、このことを話さなかったのは、単に留守番をサボったことを隠したかったからではなかった。

彼が隠したかったのは、一つは、恋人がいたこと。カトリックの聖職者は、任職にあたり禁欲の誓いを立てる。終身助祭ではなく、神父を目指す畠山に、恋人がいること自体が問題になる。

そしてもう一つは、その恋人が男だったということ。つまり畠山は同性愛者だったのだ。しかしカトリック教会は同性愛を不自然な、罪深いものとしている。

同性の恋人がいた畠山は、二重に神の道に背《そむ》いていたことになる。彼は信仰と、性的指向の狭間《はざま》で引き裂かれ、苦しみつつも、このことだけは、何としても隠し通したかったのだという。

異性愛者で信仰も持たない純江には、畠山の苦悩は推しはかれない。が、重要なのは、畠山のアリバイが成立し、冤罪を生まずに済んだことだ。くだんの恋人のマンションの防犯カメラには、畠山が証言した通りの時間に、彼が出入りする様子が記録されていた。

ただしこれにより、捜査は振り出しに戻ってしまった。

7

佐山神父、吉村、畠山の三人とも、アリバイが成立してしまった。十八時三十分から、二十時までの間、あの教会にいたのは被害者の徳治、一人だけだった。十九時頃に訪ねてきた女性信徒が犯人とは考えにくい。佐山神父は「私がやりました」の一点張りで、誰をかばっているのか明かそうとしない。

と、すれば、考えられる可能性は次の三つだ。

①吉村でも畠山でもない何者かが忍びこんできて犯行に及んだ。

ただしその何者かに該当するような人物は捜査線上に上がってきていない。見ず知らずの押し込み強盗であれば、神父がかばう理由はないし、また物盗りがあった形跡もない。

②やはり吉村か畠山が犯人で、何かトリックを使い、現場にいなくても実行できる遠隔殺人を行った。

被害者は半寝たきりの老人である。たとえばドローンのようなテクノロジーを使えば、そういうことも可能かもしれない。が、それを示唆する証拠は何もなく、今のところ机上の空論の域を出ていない。

③佐山神父は誰もかばっていない。何らかの事情で死亡推定時刻が間違っている。

もしもそうだとすれば、すべて丸く収まる。ただ問題なのは、死亡推定時刻が狂った理由が今のところまったくわからない、ということである。

事件発生から八日目、捜査の指揮を執る柴崎は、県警本部や地検とも相談の上、③の可能性を本線として、幕引きを図る決断をした。

そもそも、やってもいない殺人を「やった」と自供すること自体が異常だ。誰かをかばっているのだとしても、二人の助祭がシロならば、そこまでしてかばう相手が見当たらない。

やはり佐山神父は、最初から本当の事を言っていたのではないか――、この考えが刑事課でも支配的になった。死亡推定時刻は「推定」であって、絶対の事実ではない。温度や湿度などの環境や、被害者本人の体質などで、狂うこともある。

司法解剖を担当した医師は、かなり不満のようだったが、しぶしぶ「何らかの不測の事態により、通常よりも誤差が大きくなる可能性がないわけではない」という意見を出した。

地検の担当検事も、被疑者本人が通報し自供しているのであれば、公判維持は可能である、との判断を降《くだ》した。

これを受けて日尾署刑事課では、のちの裁判を睨《にら》み、勾留期限いっぱいまで佐山神父の犯行の実況見分を行うことになった。その後、検察官が起訴することになる。

佐山神父は実に協力的で、実況見分は順調に進んだ。

本人が認めている以上、裁判では弁護士も事実関係は争わず、最大限の情状酌量を求めるだろう。神父の周りの人間は、みな彼に同情的だ。情状証人は多く集まるに違いない。裁判所も介護殺人については量刑を低く見積もる傾向がある。

判決は短期の実刑か、もしかしたら、執行猶予がつくことになるかもしれない。


佐山神父の勾留期限を四日後に控えたその日、純江は久々に夕方に帰宅することができた。

純江がつくった料理を家族四人で食べて、食後はリビングでテレビを観た。数日ぶりの家族の団欒だ。

〈私は神である〉

テレビの中で、コンビニの制服を着た男が、仰々《ぎょうぎょう》しく宣《のたま》う。すると、小太りの店長がやってきて頭をはたく。

〈アホか。おまえやなくて、お客様が神様や！〉

若手のお笑い芸人がネタを見せる番組だ。神様がコンビニ店員になったら、というコントをやっている。子どもたちはゲラゲラ笑っている。他方、夫は少しうつろな目でぼんやり画面を眺めている。

この三日ほど、夫はまったく家事ができなかったという。無論、サボっていたわけではない。体調が優れずほとんど寝て過ごしているようだ。子どもたちのために出前を取るのが精一杯で、家の中はずいぶん散らかり、洗濯物も溜まってしまっていた。

神様も宗教も、結局、人間がつくったものよね――。

改めてそんなことを思う。

真面目に働いていた夫は、心の病に苦しむようになってしまった。佐山神父は愛する父親を手にかけるほど追い詰められていた。性的指向を隠さねばならなかった畠山も哀れだ。何も悪いことなどしていない人が、苦しみや悲しみを背負わされている。全知全能の神様が創ったにしては、この世界はあまりにも出来が悪い。

その夜、子どもを寝かしつけたあと、寝室で夫はぽつりと言った。

「ごめんな……」

「何、どうしたの？」

できる限り軽い調子で尋ねる。

「きみに迷惑ばかり、かけてしまって」

「迷惑なんて、何もないよ」

「そんなことない。僕がこんなふうになってしまって……」

夫は優しく真面目で責任感の強い人だ。病気で働けなくなってしまった自分をいつも責めている。

「ごめん。本当にごめん」

「大丈夫だよ。大丈夫だからね」

純江は夫を抱き寄せて声をかけた。半ば自分に言い聞かせるように。

「……僕はまるで役立たずだ。消えてなくなってしまいたい」

夫の声は震えていた。

「そんなことは言わないで。私はあなたにいて欲しい。子どもたちにだって、あなたは必要だよ」

夫の背中を撫《な》でながら、純江の頭の冷静な部分が、一つの仮説を紡《つむ》いでいた。

8

少し佐山神父と話をさせて欲しい――。

翌日、純江は柴崎に談判し、一時間だけという条件で許可を得た。

狭い取調室で佐山神父と対峙する。

「まさか、久しぶりにお会いするのが、こういう形になるとは思っていませんでした」

「私もです……。このたびは、本当に取り返しのつかないことをしてしまいました。一生を懸けて償いたいと思います」

佐山神父は目を伏せた。

実父を殺害してしまったことを心底悔いているように見えるが、演技かもしれない。いや、演技だ。純江は言い聞かせた。そう思い込んで責めなければ、この短い時間で佐山神父を崩すことはできない。

「あなたが償うべきは、人の法を犯した罪ですか。それとも、神の法を犯した罪ですか」

尋ねると神父は、上目遣いにこちらに視線を向けた。

「両方です。殺人は日本の刑法においても、またカトリックの戒律においても、罪です」

「違いますよね」

否定すると、神父は意外そうに眉を上げた。

「ご存じありませんでしたか。殺人は十戒の中でも――」

純江は、神父の言葉を遮った。

「私が『違う』と言ったのはそういう意味ではありません。あなたが破った戒律は、殺人ではありません。偽証、です。十戒には『殺してはならない』の他にも、『隣人に関して偽証してはならない』という戒律もありますよね。あなたが破ったのはそちらです。殺人の戒律を破った人物は、他にいます。あなたはその人をかばおうとしているんですね」

神父はため息を吐いた。

「……しつこいですね。私が誰をかばうというのです？　あなたたちは畠山さんを疑ったらしいが、彼にはアリバイがあったのでしょう」

「ええ。畠山さんではありません。まして吉村さんでも。佐山神父、あなたがかばっているのは――」

純江は一旦言葉を切り、神父の顔を正面から見て言った。

「――お父様、徳治さんです」

神父の顔が一瞬強張るのを、純江は見過ごさなかった。

ああ、やっぱりそうだったのか——。

「間違っていたのは、死亡推定時刻ではなく、死因だったんです。徳治さんは自分で自分を殺した。絞殺ではなく、自殺。首つりだったんです。おそらく、ベッドから手の届く位置にあった延長コードを、ベッドのパイプにくくりつけ、首を通してベッドから転げ落ちたんです。麻痺によって立ち上がれない状態であれば、ベッドほどの高さでも首つりは十分可能です。……認知症の自覚のあった徳治さんは、要介護状態になって、あなたに迷惑をかけてしまうことを気に病んでいた。きっとそれは地獄の苦しみだったのでしょう。そしてついに自ら命を絶ってしまった」

言葉を吐きながら、純江は胸に痛みを感じていた。

この可能性に気づかせてくれたのは夫だった。たぶん彼も、神父の父親と同じ苦しみを抱えている。

優しく慈悲深い人だからこそ、家族に負担をかけることに耐えられない。この出来損ないの世界には、そんなかたちの地獄もある。

神父は唇を噛《か》み、黙ったまま、かぶりを振った。

純江は続ける。

「あの日、教会に戻り畠山さんが帰宅したあと、あなたは司祭館で自殺した徳治さんを発見した。このときあなたはきっと、徳治さんが過ちを犯したと思ったはずです。なぜなら、神様から与えられた肉体を自ら滅ぼす自殺は、キリスト教における大罪だからです。自殺した者は地獄に落ち、死後の復活もできなくなる。あなたは、敬虔な信徒であり、自らを信仰の道に導いてくれた父親が、最後にそんな大罪を犯して死んでしまったことを憐《あわ》れんだ。だから、自分が罪を被ることにしたんです。徳治さんを最後まで立派な信徒として天国に送るために」

神父は沈黙したままだ。頬《ほお》がかすかに震えていた。

純江はさらに続ける。

「あなたが上手かったのは、死体の首にひっかき傷——吉川線——を付けたことです。おそらく死んだ徳治さんの手を取って、首をひっ掻いたのでしょう。そもそも吉川線は、自殺に見せかけた殺人を見破るための証拠です。自殺した人を、わざわざ殺されたように見せかけるなんて、想定してません」

神父は押し黙ったまま、ゆっくりかぶりを振って顔を俯けた。

やはり、認めてくれないか。

純江はすでに確信を抱いているが、あくまで仮説だ。確たる証拠はない。佐山神父を落とすしかない。

純江は、一度、息を整え、再び口を開いた。

「佐山神父、たとえあなたが沈黙していても、神様は知っているんじゃないですか」

神父の肩がぴくりと動いた。

「あなたのしたことは、私でさえ見破れたんです。神様ならすべてお見通しのはずです。いや、もしかしたら、神様が私に見破らせたのかもしれません」

神父は思わずといった感じで、顔をあげた。

純江は、神なんて信じていない。けれどこの神父が、神を信じていることはよく知っている。

「神父、覚えてますか？　昔、私が、なぜ全知全能の神様がつくったはずのこの世界に理不尽な苦しみや悲しみがあるのか尋ねたとき、あなたはこう答えたんです。『試されているのです』と。神父、まさに今、あなたは試されているんじゃないですか？　いつか話してくれたヨブのように」

そう、試されている。神父だけでなく、私も。そして夫も。およそこの世に生きるすべての人間が、試されている。信仰を持たぬ純江でも、それが真実だということはわかる。

神父をじっと見つめる。

その顔は真っ青だ。わなわなと唇を震えさせている。

純江は思う。

この人を落とすのは私じゃない。この人を落とすのは――、
神父の顎の先から、ぽたりと雫《しずく》が垂れた。いつの間にか、彼の顔は汗だくになっていた。

「神父、神様は全部知っていますよ。それでも嘘を吐き続けるんですか」

ずっと沈黙を守っていた神父は、おもむろに口を開きはじめた。

――この人を落とすのは、神様だ。

消えた少女

The Tragedy of the "W" Prefectural police

1

「えー、みなさん、すでにご存じのこととは思いますが、こちらの松永《まつなが》くんは、女性ながらに大変、優秀な警察官でありまして、我が県警史上初の女性警視として、また、監察官として活躍してくれていましたが、このたび、更に女性初の記録を塗り替え、警視正へと昇進いたしました。これに伴い、本部の生活安全部長の職に就き、当食事会にも今回より、正規のメンバーとして参加することとあいなりました。これも、女性としては初ということになります――」

やっとここまできた、という感慨。でもまだまだこれからだ、という気概。

かつての上司であった監察官室長の橋爪《はしづめ》の紹介を聞きながら、松永菜穂子《なほこ》は、この二つの感情を噛《か》みしめていた。

地方採用の警察官のキャリアルートには、警視と警視正の間に巨大な壁がある。警視までは管理職ではあっても地方公務員、対して警視正以上は形式上国家公務員だ。つまり警視正以上は官僚としての立場を与えられ、名実共に県警の幹部となる。

その壁をついに突破したのだ。

高級中華料理店『玉好園《ぎょっこうえん》』の特別個室で、ふた月に一度、催されるこの県警幹部たちの食事会、通称『円卓会議』は、W県警本部における事実上の最高意思決定機関とも言われている集まりだ。

菜穂子は以前、橋爪の補佐役として一度、参加したことはあるが、今夏からは正式に迎えられることになった。女性としてはW県警史上初のことであるのは、今、橋爪が言ったとおりである。

「では、松永警視正からも、ひと言、挨拶を」

促され、菜穂子は立ち上がり、口を開いた。

「ただいま、ご紹介にあずかりました、松永菜穂子です。甚《はなは》だ若輩者ではありますが、W県警の発展のため、粉骨砕身、頑張っていきたいと思います。諸先輩方におかれましては、どうかご指導ご鞭撻《べんたつ》のほどお願いします」

菜穂子が頭を下げると、ぱち、ぱち、とどこか白けた拍手が起こった。

円卓に並んだ連中で一番多いのは、気味の悪い薄ら笑いを浮かべている者だろうか。興味なさ気にしている者や、露骨に苦虫を嚙みつぶしたような顔をしている者もいる。

一応、会としては菜穂子を歓迎する体《てい》をとっているが、本音はそうではなさそうだ。

全体の九十パーセント以上を男性が占める警察官の社会は、紛れもない男性社会である。男尊女卑的と言っても過言ではない。近年、警察庁は改革に取り組んでいるものの、女性警察官はあくまで添え物、あるいは男性警察官の〝お嫁さん候補〟と見るような向きは根強い。ここW県警のような田舎警察では特にそうだ。

菜穂子もこれまで、「どうして結婚しないんだ」だの「女が出世してどうする」だのといった言葉を、陰日向《ひなた》なく言われ続けてきた。

そんな中、上を目指すとはすなわち孤独な戦いを強いられることだった。

警察学校時代の同期で、互いにトップを争った滝沢純江《たきざわすみえ》だけは、一緒に戦っていけるかとも思っていたが、彼女は結婚を機にあっさり退職してしまった。百歩譲って結婚するのはよしとしても、キャリアを棒に振り家庭に入るなどというのは、菜穂子には理解不能だった。

ライバル、いや、改革の志を共にする戦友のように思っていただけに、ショックだったし、失望した。彼女は最近になって、再雇用され今は所轄の刑事課にいる。詳しい事情は知らないが、夫が体調不良で休職したため彼女が外で働くことにしたらしい。もちろん、今更彼女が菜穂子と一緒に上を目指せるような立場にはならない。

正直、何をやってんだと思う。でも、今更詮無いことだ。きっと彼女とは根本的に価値観が違ったのだろう。仮に退職してなかったとしても、どこかで袂《たもと》を分かったかもしれない。

菜穂子は一人で戦い、ここまできた。

言わずもがなであるが、警察が守る市民の半分は女性である。女性が被害に遭った場合など、男性警察官にはそれを訴えづらいといったケースは多くある。警察という組織において、決して女性は添え物などではなく、本来、必要不可欠な存在であるはずなのだ。

これはまだ一歩目。私が道を切り拓くんだ。

そう自身を鼓舞しつつ、菜穂子はロックの紹興酒に口をつける。普段、あまり飲み付けない酒は、苦く、少し喉《のど》が灼《や》けた。

料理が運ばれてきた。海鮮春巻、フカヒレのスープ、カニ肉の煮込み、活アワビの油炒め。

円卓を囲んだ一同はそれらをつまみ、生臭い歓談をはじめる。みな、口々に美味《うま》い美味いと料理を誉めるが、全体的に脂っこくて味も濃く、菜穂子の口にはあまり合わなかった。

おまけにこの個室、冷房が効き過ぎている。脂ぎったオヤジたちにはこのくらいがちょうどよくても、元来冷え性の菜穂子には寒すぎた。

「いやあ、それにしても、熊倉《くまくら》くんの件ではご苦労だったな」

隣に座る橋爪がグラスを傾けつつ、そんなことを言った。

もう去年になる、組織犯罪対策課課長補佐変死事件のことだ。菜穂子が、以前、円卓会議に参加したのは、その処理のためだった。

変死した課長補佐、熊倉哲《てつ》警部は、実は暴力団と裏でつながっており、捜査情報を漏らしていた。が、そのことに良心の呵責《かしゃく》を覚え、やがて耐えきれずに、情報を漏らしていた暴力団幹部を殺害し、自ら命を絶った――という真相を吐露した遺書を菜穂子が発見したのだ。

「熊倉くんは〝警察官の鑑《かがみ》〟とまで称された男だったんだけどねえ。まさか、あんな悪事に手を染めていたとはねえ……」

どの口で言うんですか――という言葉を飲み込んで、「驚きました」と、菜穂子は相づちを打った。

熊倉警部の件は、本来であれば、県警を揺るがす大スキャンダルであったはずだが、『円卓会議』は一丸となってこれを隠蔽《いんぺい》したのだ。

確かに、暴力団に捜査情報を漏らすなどというのは、警察官にあるまじき悪事である。

が、スキャンダルを恐れて、すべてを隠蔽するというのはそれ以上に悪質だ。いくら暴力団員とはいえ、人が一人殺されているというのに、この連中は、その事件を解決することより、なかったことにすることを選んだのだ。

保身――警察が最優先で守るのは、市井《しせい》の治安でもなければ、正義でもない。警察という組織、それ自身だ。

そんなことは任官してすぐに気づいたけれど、こうして具体的な奸計《かんけい》を目《ま》の当たりにすると、なお、あきれさせられる。

想像以上に、腐っている――。

W県警において、上層部が腐敗していることと、女性の進出が遅れていることは、きっと無関係ではない。身内で固まり、外部の目を遠ざけ、前例を踏襲し、事なかれ主義で組織を防衛する。そんな、これぞまさに田舎警察という体質の、負の側面が様々な形で表出しているのだ。

「きみはさしずめ、〝女性警察官の鑑〟だな。これからは女性が活躍する時代だ。どんどん県警を改革してくれよ」

橋爪は、そんなことを言って笑った。まるで他人事《ひとごと》のようだし、本気で言ってるのかもわからない。

でも、やってやろうじゃない——。

このままでいいわけがない。

一人の警察官として、納税者として、女として、そう思う。

しかし組織の体質を変えてゆくのは、容易ではない。W県警に限らず、あらゆる組織は、ごく一握りの者たちにより牛耳《ぎゅうじ》られているのが常だ。国や、あるいはこの社会全体もそれは変わらないだろう。

組織を変えてゆくには、その一握りの中に入らなければ、話にならない。W県警においてそれは、この円卓に座るということだ。

だからこそ、隠蔽も見て見ぬふりをした。泥水を啜《すす》った。

でも、この腐敗したオヤジどもに魂まで売り渡す気はない。

私は熊倉警部のような、偽りの鑑ではなく、本当の鑑になってみせる。道を切り拓く。後から続く、何十、何百という後輩たちのために。腐りきった県警を内側から改革してゆく。

私にはそれができる。否、私にしかできないことだ——。

菜穂子は、そう自分に言い聞かせつつ、美味《おい》しいと思えない中華料理を無理矢理口に頰《ほお》張《ば》った。

2

午前四時、枕元に置いたスマートフォンがアラームを響かせた。

ベッドから身を起こして、アラームを止める。

覚醒してゆく感覚が、パジャマが寝汗で肌にぴったりとくっついているあの不快感を捉える。

寝覚めは、最悪だった。

ただでさえ暑くて寝苦しい夜だったのに、いつもより二時間も早く起きたので頭が重い。

その上、ひどい胸焼けがする。喉の奥にも嫌なつかえを覚えた。

昨夜の『円卓会議』で、普段飲み慣れない紹興酒なんて飲んだせいか、それとも脂っこい中華料理のせいか、あるいは県警幹部のオヤジたちにあてられたか。

まあ、おそらくそのすべてが原因だろう。

菜穂子は、ベッドから降りると身体《からだ》をほぐし、カーテンを開けた。

窓の外は、真っ暗というわけではないが、まだ薄暗い。眼下には、朝の予感のような藍《あい》色《いろ》に染まった未明の街が広がっていた。

県警本部の近くに建つ十一階建てマンションの最上階。一人で住むにはやや広すぎることの2LDKの部屋は、県警が官舎として民間から借り上げているものだ。

あまり食欲が湧かないので、朝食はヨーグルトだけで簡単に済ませた。

防水ケースにスマートフォンを入れて、バスルームに入る。お気に入りのプレイリストをボリューム最大で再生しながら、熱めのシャワーを浴びた。プレイリストには洋楽、特に女性ラッパーの曲が多い。世界で最も厳しいショービジネスの世界を勝ち抜いた女たちの歌声が、テンションを上げてくれる。毎朝のリフレッシュの儀式《ルーチン》だ。

バスルームを出ると、丁寧に身体を拭き、下着を身につけ、髪をセットして、メイクをして、スーツに袖《そで》をとおす。

これで戦闘準備は完了。さあ、仕事に行こう。

菜穂子は荷物の入ったビジネストートを手に取り、部屋を出てゆく。

朝早すぎるからか、マンションの廊下では誰とも行き合わなかった。が、途中で味噌汁のいい匂いを嗅いだ。どこかの部屋で朝食の準備をしているのだろう。

地下駐車場へ向かい、愛車のハイブリッドカーに乗り込む。

かれこれ、十年近く乗っている旧型の車種だ。この車もそろそろ買い換えどきだ。ちょうど明日は公休日なので、ディーラーに行くつもりでいた。事前に取り寄せたカタログによれば、この数年の人工知能の目覚ましい進歩により、自動ブレーキをはじめとする車の運転アシスト機能もかなり進歩したらしい。次は、そういう機能が搭載された車種を買うつもりでいた。これまでずっと無事故無違反で、運転技術にもそれなりに自信を持っていたが、備えあれば憂いなし、である。

菜穂子はシステムをオンにして、エンジンをかける。カーラジオがかかり、健康食品のCMが流れた。

表に出ると、フロントガラスに水滴が飛んできた。部屋の窓からはわからなかったが、雨が降っているようだ。

菜穂子はワイパーをかける。

ちょうど、ラジオは天気予報の時間になった。今日のW県は、朝のうちは雨、ところによっては強く降るが、昼前にはあがり、晴れ間が見えるようになるだろう、とのことだった。少し前に地域の気象台は梅雨明け宣言をしたはずだが、空模様は安定していない。今日、必要になるかどうかわからないが、車の中に折りたたみ傘と雨合羽を常に用意してある。

雨降る街を泳ぐように抜けてゆく。曇天に覆われた空に朝陽は見えないが、少しずつ明るくなっているのがわかった。

やがて、いつも出勤している県警本部の前を通り過ぎた。

今朝、菜穂子は本部には行かず、猿渡《さわたり》市の猿渡署に直行することになっていた。早起きして家を出たのは、そのためだ。

猿渡市は南北に長いW県の北の端にあり、県警本部のあるW市からだと、山を一つ越えた先になる。直線距離ならさほどでもないのだが、途中で曲がりくねった山道を通るため、片道、一時間近くかかってしまう。ちょっとした小旅行である。

道中、突然、雨足が強まり、土砂降りになった。視界もほとんど利かず、雨音でカーラジオの音もかき消されてしまうほどに。ただでさえ人気《ひとけ》のない山道を、そんな状態で走っていると、菜穂子は何とも言いようのない寂しさを覚えた。

3

いっとき、バケツをひっくり返したようだった雨は、あっという間に弱まり、菜穂子が猿渡署に到着するころには、小雨から霧雨という程度になっていた。

余裕をもって出発したのに、かなり時間がかかってしまい、約束していた午前七時に少し遅れてしまった。

署の駐車場で車を降りる。パンツの裾《すそ》が、肌に張り付いて少し気持ちが悪かった。

猿渡署の若い巡査が出迎えてくれた。

「お久しぶりです」

「あ、久しぶり。ここに異動になったんだ」

「はい。春からです」

つい数ヶ月前まで監察官をしていた菜穂子には、県警本部だけでなく各所轄にも多くの顔見知りがいる。この巡査もその一人だった。きっと面識があるので案内役を仰せつかったのだろう。

「ごめんなさいね。途中ですごい雨に降られて、遅れちゃった」

菜穂子が遅刻を詫《わ》びると、巡査は、とんでもないです、とかぶりを振った。

「遠いところを、わざわざありがとうございます。さっきまで、本当にすごい雨でしたし、無事に到着されて何よりでした」

菜穂子は署内の応接室に案内された。

そこでは猿渡署の署長と、生活安全課の課長が待っていた。

菜穂子は四人がけの応接セットのソファに腰掛けた。署長は菜穂子のはす向かいに座り、正面には、立派な富士額をした課長が座った。

　案内役の巡査が、手早くお茶の準備をすると、三人分の湯飲みをテーブルに置いて、自分は座らず菜穂子の傍《かたわ》らに立って控えた。

「いやあ、しかしさっきの雨、すごかったですもんねえ。こういうの夕立ちならぬ、朝立ちとでも言うんですかね」

　署長が、開口一番、下品なジョークを飛ばした。

　課長が追従して「うへへへへ」と、下品な声で笑う。

　こいつら、正気か？

　ドン引きである。

「何の脈絡もなく、性的な冗談言うのやめていただけますか。そういうのもセクハラですよ」

　菜穂子は努めて冷たい口調で言ってやった。

「え、あ、ああ、はい」

「こ、これは失礼しました」

　署長と課長は、顔色をなくし平謝りする。

　巡査が、こっそりため息をついたのに、菜穂子は気づいた。上司たちの振る舞いにあきれているようだ。

きっとこの署では、こんなナチュラルなハラスメントが日常の風景なのだろう。いや、ここだけでなく、W県警全体にこういう傾向がある。

そう言えば、数ヶ月前、野倉《のぐら》署の刑事がよりによってユーチューバーに取り調べの様子を盗撮され、被疑者を恫喝《どうかつ》する様子を公開されるという情けない不祥事があったが、その刑事も、セクハラの常習犯だったらしい。

こういうところから、変えていかなければならない。

「あの、では、その、本題ですが……」

課長が捜査資料を綴《と》じたファイルをテーブルに広げた。

「これが、行方《ゆくえ》不明になっている下田杏奈《しもだあんな》ちゃんです」

ファイルの最初のページには、おかっぱ頭の少女の写真が貼ってあった。

市内の小学校に通う三年生で、下田杏奈ちゃんというらしい。この子が、一昨日《おととい》の月曜日から、行方不明になっているのだ。

ファイルによれば、杏奈ちゃんは身長一三二センチ。ややぽっちゃり体型。行方不明になった当日は、白いトレーナーとピンクのスカートという服装。クラスと名前を書いてある水筒を持っていたらしい。

月曜日、杏奈ちゃんのクラスでは市内の自然公園まで校外遠足に出かけたのだが、このときはぐれてしまい、行方がわからなくなってしまったという。

引率していた担任教師によれば、杏奈ちゃんがいなくなったのは、遠足の終盤、帰りのバスを待つ間の自由時間中とのことだった。

杏奈ちゃんが、自宅から離れたその自然公園から徒歩で帰ってくることは難しいと思われる。すぐさま捜索願が出され、猿渡署の生活安全課では自然公園近辺で捜索を行ったが、見つけることはできなかった。

昨日になって、くだんの自然公園から十キロほども離れた市の南側にある山林で、山菜摘みをしていた老婆が、杏奈ちゃんのものらしき、水筒を拾った。中身は空になっていたという。

これを受けて、猿渡署では、今日、地元の消防団や、市民ボランティアの力も借り、この山林での山狩りを行うことになった。猿渡署の署員の多くが、朝から現地へ向かっている。

菜穂子がここを訪れたのは、本部の生活安全部長として、この山狩りを手伝うためである。

正直に言えば、こんなのは幹部がやる仕事とは思えない。

県警幹部の役割は担当部局全体の統括である。原則、個別の案件には関わらない。わざわざ現場に出張って山狩りに参加するなんていうのは、ナンセンスだ。

しかし、少し引いた目で見れば、市民のために汗を掻《か》く姿を見せること、信頼を得るためにパフォーマンスをすることは、幹部の立派な仕事である。特に県警本部初の女性幹部となった菜穂子にとって、存在を効果的にアピールすることは重要だ。

今日の山狩りには、杏奈ちゃんの両親も参加し、地元新聞の記者も同行しているという。杏奈ちゃんが見つかるか否かに拘《かか》わらず、地元の話題として記事になる可能性が高い。アピールの絶好の機会とも言える。

「ちょっと、確認させてもらいますね」

菜穂子は、ファイルを手元に引き寄せ、一ページずつ資料に目を通す。

杏奈ちゃんは、両親と祖母との四人暮らし。父親は、下田正孝《まさたか》四十三歳、小さな工務店の経営者。母親は友里《ゆり》、三十六歳、専業主婦。同居する祖母は、父方、つまり正孝の母親で、下田妙《たえ》、八十歳。

また、下田夫妻は互いに再婚で、杏奈ちゃんは友里の連れ子だという。再婚したのは四年前。正孝の方にも前妻との間に子がいるが、こちらは親権を手放しており同居はしていない。

母親、友里が離婚したのは五年前で、杏奈ちゃんが三歳の頃だ。前夫は酒癖が悪く、ときに友里やまだ小さな杏奈ちゃんに暴力を振るうことがあったらしい。それが離婚事由にもなったという。

菜穂子はファイルを捲《めく》る手を止め課長に尋ねた。

「あの、連れ去りの可能性については？」

課長は、「えっと、それは……」と、巡査に目配せをした。

「はい。その可能性もあると考えて捜査をしています」

巡査が代わりに答えた。上司よりも現場を把握しているようだ。

「この杏奈ちゃんの実父が連れ去ったという線はありそう？」

菜穂子は巡査に尋ねた。

別れた親が会いたさのあまり、子どもを誘拐してしまうのは珍しくない。離婚の原因は実父の暴力だというが、そういうタイプの人間ほど、得てして執着が強いものだ。

巡査はかぶりを振った。

「調べたんですが、実父は現在、東京で生活しており、杏奈ちゃんが行方不明になった当日もずっと職場にいたことが確認できています」

「そう」

つまり実父にはアリバイがあるということか。

菜穂子は更にファイルを捲ってゆく。

後ろの方に参考情報として、杏奈ちゃんがいなくなった自然公園の近辺での不審者情報が載っていた。

下校中の女子中高生が見知らぬ男にあとをつけられた、という事案がこの三ヶ月で五件、発生しているようだ。ただ無言でついてくるというだけで、何か具体的な被害を受けたという情報はない。いずれも身長一七〇センチくらいの痩せ形の男性だったとのことで、同一人物と思われている。

「不審者も出没しているのね。でも、この男がつきまとっているのは、制服を着た中高生だけ？」

「はい。ですから本件と関係あるかはわかりません。しかし念のため、刑事課とも協力してこの不審者の割り出しは進めています」

菜穂子は相づちを打つ。

「あと……。杏奈ちゃんの家庭の様子は何かわかっている？　ステップファミリーなのよね」

「同居のお祖母《ばあ》ちゃんが、半分寝たきりらしくそれが大変みたいですが、特にトラブルの噂はありません」

「杏奈ちゃんの実父は杏奈ちゃんや母親に暴力を振るうこともあったみたいだけど、今の父親にはそういうことはないのね」

「こちらで調べた範囲では、そのような話は確認できていません。父親の下田正孝氏は、真面目な人との評判です。直接血のつながりはなくとも、杏奈ちゃんのことをとても可愛がっており、『俺には妻と娘を幸せにする責任がある』と、よく話していたそうです。実際、周囲の人々は、仲のいい家族だと口を揃《そろ》えています」

「いい父親にめぐりあえたのね」

「ええ。そのようです。あ、ただ、今回の件で、学校とは揉めているみたいですが」

「もしかして、行方不明の責任問題で？」

「はい。微妙なんですが、学校側に過失があると言えなくもない状況なんです。引率していた担任が、自由時間のとき、杏奈ちゃんから目を離してしまっていたようなんです。それで、父親は学校の責任だと怒ってまして……。どうやら訴訟も考えているようです」

　巡査は顔を曇らせた。

　捜索を円滑に進めるために、家族と学校の関係は良好であって欲しい。が、このようなケースでは、それが難しいことも珍しくない。

　ファイルにはその担任教師の名前もあった。

小幡裕之助《おばたゆうのすけ》、二十九歳。彼が一人で、一クラス三十人以上もいる子どもたちを引率していたらしい。普段の教室ならともかく、外でそれだけの人数を一人で見るのは大変そうだ。

全員に目が行き届かなくても仕方ないようにも思えてしまう。

「他に引率の先生はいなかったの？」

「本当はあと一人、副担任がいたはずなんですが、この日、たまたま体調不良で休んでしまったそうなんです」

「そうなの」

だとしたら、代替の引率を用意しなかった学校の対応にも問題がありそうだ。

でも、もしかすると——。

菜穂子の頭の中には、この行方不明事件について、ある仮説が浮かんでいた。

おそらくこれは、菜穂子だからこそ、気づけることだ。

ただ、軽々に口に出すべきことではないかもしれない。とりあえず、この場では黙っていることにした。

菜穂子は、署長と課長に視線を戻し口を開いた。

「一刻も早く見つけてあげたいですね。今日は精一杯、お手伝いさせていただこうと思います」

「ありがとうございます」

「松永部長が力添えしてくださるなら、百人力ですな」

先ほどの失点を取り返そうというわけでもないだろうが、二人は調子良く菜穂子を持ち上げた。

4

菜穂子は署の更衣室で背中に「W県警」というプリントの入った作業着に着替えると、案内役の巡査が運転する車で、現場へ向かった。

到着すると、山林の入り口にあたる地点の国道脇の空き地にテントが設置されており、そこに参加者一同が集合していた。

猿渡署員とボランティアあわせて、五十人ほどもいるようだ。県警本部からは菜穂子の他にも、警察犬を連れた鑑識班もやってきていた。

「あ、千春《ちはる》さんだ、久しぶり」

案内役の巡査は、鑑識が連れている警察犬に駆け寄り、頭を撫でてやっていた。あの警察犬——千春号——は、県警のランニングサークルにも特別会員として所属しており、マスコット的な存在になっているという。

と、そのとき、怒鳴り声が聞こえた。

「あんた、よく顔を出せましたね！」

声のする方を向くと、男性が二人揉めているようだ。背の高い中年男性が、若い男性に対して詰め寄っている。

「ああ、その大変申し訳ありません。僕なりに、できる限りのことをできればと……」

若い男性の方は、酷く恐縮している様子だ。

猿渡署員が、慌てて間に入って中年男性をなだめていた。

巡査が耳打ちするように教えてくれた。

「あれが杏奈ちゃんのお父さんと、担任の先生です」

怒鳴り声をあげた中年男性が、杏奈ちゃんの父親、下田正孝だろう。痩せぎすだが、精《せい》悍《かん》な顔つきをしていた。

対する、担任教師、小幡裕之助は中肉中背。うらなり顔で、かつ謝っているせいもあると思うが、気が弱そうに見える。

正孝の隣に困ったような顔をしている女性がいた。彼女が下田友里だろうか。

「あそこにいるのがお母さん？」

巡査に確認する。

「はい、そうです」

友里は、写真で見た杏奈ちゃんとどことなく似ている気がした。少し太めで、柔和な顔立ちをしている。

「主にお父さんの方が学校と揉めているの？」

「そのようです。普段はとても温厚な人らしいのですが……」

妻と娘を幸せにする責任がある――などと、公言していたというから、その分、このような事態に腹を立てているのだろうか。

署員になだめられても憤懣《ふんまん》やるかたない様子で、正孝は小幡にまくし立てた。

「だいたい、あなたたちは子どもの安全に無頓着過ぎなんだ！　学校で毒をばらまいているくらいなんだから！」

「い、いや、毒だなんて、決してそんなつもりはないんです」

「じゃあ言いがかりだって言うのか」

「いえ、滅相もありません」

正孝が凄み、担任の小幡はぺこぺこと何度も頭を下げている。

「今、毒がどうのこうの言っていたけど何？」

菜穂子は巡査に尋ねた。

何とも穏やかじゃない。

「すみません、ちょっと何のことか……あとで、確認してみます」

と、背後から声がした。

「煙草ですよ」

振り向くと、そこには小柄な女性が立っていた。歳《とし》は三十くらいだろうか。洒落《しゃれ》た銀の丸眼鏡にスーツ姿で、首から記者証を提《さ》げている。

「あ、県日さん」

巡査は彼女のことを地元新聞の略称で呼んだ。

「W県日報の水元《みずもと》といいます。今日の捜索に参加する松永警視正ですよね。はじめまして」

水元というらしいその記者は、ぺこりと頭を下げて、名刺を差し出してきた。

「あ、どうも、はじめまして」

菜穂子は名刺を受け取った。肩書きは社会部となっている。

「あの、県日さん、今、煙草って言いました？」

巡査が水元に尋ねた。

「ああ、そうそう。煙草なんですよ、あのお父さんが毒だって言って怒ってるのは。一昨日、杏奈ちゃんが行方不明になった日の夜、ご夫婦は学校に呼ばれて、担任の先生と校長から経緯の説明を受けたんですね。そのとき応接室に灰皿があるのを見て『小さな子どもが通う学校にどうしてこんなものがあるんだ』『普段から子どもの安全に無頓着だからこんなことになるんだ』って余計に怒りだしたようで」

「その応接室に子どもは入らないんですよね？」

巡査が再び尋ねた。水元は頷《うなず》く。

「もちろん。でも、学校のような施設は全面的に禁煙にすべきって考え方が最近は主流になりつつありますから」

確かにその方が望ましい。

厚労省も受動喫煙対策として、屋内での原則禁煙を推奨しており、大手の飲食店では、喫煙席と禁煙席を分ける分煙ではなく、全席禁煙にしている店が増えてきている。

警察でも、最近は署内禁煙が当たり前になっているが、W県警では徹底されているとは言い難い。そういう点でも遅れている。

水元は肩をすくめて続ける。

「まあでも、ちょっといろいろ間が悪かったみたいですね。あのお父さん、もともと煙草嫌いで有名だったようですし」

「煙草嫌い？」

「そうなんですよ。生まれつきぜん息で、煙草の煙が苦手らしいんです。経営している工務店でも、煙草を吸う人は雇わないそうです。ただ、建築関係の仕事をしている人には愛煙家も多いみたいで、求人には苦労しているみたいです」

「ああ、そういう事情なのね……把握してた？」

菜穂子が水を向けると、巡査は恐縮した。

「すみません。初耳でした」

「さすが地元紙は町の情報、強いですね」

持ち上げると、水元は口角を上げた。

「はい。噂話から意外な情報が出てくることも多いですから。あの、こちらからもお尋ねしていいですか？　実際、警察はこの行方不明事件を、迷子と連れ去り、どちらを本線と考えているんでしょうか」

水元は、ずばり切り込んできた。

「私は今日、こちらに来たばかりですので……」

菜穂子は傍《かたわ》らの巡査に目配せした。巡査が代わりにお決まりの答えを返す。

「両方の可能性を鑑《かんが》み、捜査しております」

「仮に連れ去りだったとして、容疑者と目されるような人物はいるのでしょうか」

水元は質問を重ねる。マスコミとしては気になるところだろう。

「いえ、そういった決めつけ捜査は行っていません」

「杏奈ちゃんがいなくなった自然公園の近辺には不審者情報がありましたよね。この件と関係があると思いますか」

「そういった情報も含め、全般的に精査しております」

無下にせず、かつ余計なことは言わず、お手本のような対応だ。

水元は「わかりました。ありがとうございます」と巡査に礼を言い、再びこちらを向く。

「では松永警視正、今日の捜索について抱負や意気込みなど聞かせていただいていいですか」

「はい。構いませんよ。ただ、もうすぐ始まるので、手短に――」

今朝は大雨も降ったので杏奈ちゃんの安否が心配です、無事であることを祈り精一杯頑張ります――と、いった調子で菜穂子は事前に用意していた答えを述べた。

ひととおり聞き終えると、水元は大きく頷いたあと、まっすぐ菜穂子の目を見て言った。

「あの……、これは私の個人的な気持ちなんですが、松永警視正が女性として初めての県警幹部になられたことに、とても勇気をもらいました。一人の働く女として。W県日報もなかなかの男社会で、女性の意見は通りにくく、平気でセクハラしてくる上司もいるし、もう辞めてしまおうかと思ったこともあるんです。でも、うちよりもずっと厳しい環境のはずの県警で結果を出した人がいるんだから、私ももっと頑張れるはずだって、思いました。松永警視正の今後のご活躍も期待しています。その……ありがとうございます」

水元は深々と頭を下げた。

不意討ちだった。警察の中であとに続く女性のために道をつくっているという意識はあった。でも外部にも、こんなふうに思っている人がいるなんて。

じん、ときた。

「そんなお礼なんて……。うん、期待に応えられるよう頑張ります。いや、お互いに頑張りましょうね」

菜穂子は笑顔で言った。

「はい」と、水元が返事を返す。

幹部になることがゴールじゃない。これからだ。もっと実績を重ね、今まで以上のスピードで階段を上っていかなければ。

改めてモチベーションが上がるのを菜穂子は感じていた。

5

山狩りを始める直前、菜穂子は全員の前で挨拶をさせられた。

課長が「我が県警始まって以来の、女性警視正」だの何だのと持ち上げて紹介したので、若干気恥ずかしくはあったが、こういうアピールも仕事である。ボランティアの人たちも、県警の幹部が参加することに感心しているようだった。

菜穂子は先ほど水元に語ったのとほぼ同じ意気込みを語り、挨拶を済ませた。

山狩りは、広い山林を幾つかの区域に分けて、その区域ごとを五名ほどの班でローラーする形で行われることになった。

今朝の大雨で、地面は沼になったみたいにぬかるんでいた。これでは、昨日までの足跡はすべて流されてしまっているだろう。仮に臭いの痕跡などが残っていても同様だ。せっかく、警察犬を連れてきているが、あまり力を発揮できないかもしれない。

不幸中の幸いと言うべきは、この山林は地盤が固く、土砂崩れの恐れはほとんどないということだろうか。

足を滑らせて転んでしまわないよう慎重に歩いてくださいと、猿渡署員が、ボランティアの参加者らに注意を促していた。このような捜索活動では、警察は市民の二次被害を特に警戒する。

また、警察官とボランティアではローラー中、捜しているところも微妙に違う。ボランティアの人々は、みなきょろきょろと首を振り女の子を捜している。対して警察官は、地面に特に注目する。手がかりはないか、あるいは、どこかに何かを埋めたような痕跡はないか……最悪の事態を想定することも仕事のうちである。

ただし、この捜索に参加している者の中で、杏奈ちゃんが無事に発見されることを祈っていない者はいないだろう。

先ほど巡査が言っていたように、猿渡署では杏奈ちゃんが迷子になった可能性と、何者かに攫《さら》われた可能性を両天秤にして捜査を進めているらしい。

でも、おそらく、真相はどちらでもない――。

先ほど、会議室で捜査資料のファイルを見たときに浮かんだ仮説は、確信へと変わっていた。同時に菜穂子の脳裏には、封印したはずの古い記憶が去来していた。

あの子はきっと、昔の私と同じなんだ――。

杏奈ちゃんは、迷子になったわけでなく、誰かに連れ去られたのでもない。この失踪事件には別の事情があるはずだ。

そう断言できるだけの根拠が、菜穂子にはあった。

しかし、これは指摘するべきだろうか。

指摘したところで、杏奈ちゃんの居所がわかるわけではない。杏奈ちゃんが見つからない限り、その事情について警察ができることはない。

そのとき、課長の声が響いた。

「みなさん、十二時です。一旦テントにお戻りください！」

「休憩時間です」「テントに戻ってください」「水分補給は十分ですか」猿渡署員らが参加者に呼びかける。

正午から午後一時までおよそ一時間の昼休憩をとる手はずになっていた。

みな、捜索の手を止める。

午前中の捜索では、どの班も何も見つけることはできなかったようだ。

空き地に戻ると、また下田が担任教師の小幡につっかかっていた。

「おい、あんた、このまま杏奈が見つからなかったらどう責任取るつもりなんだ！」

「申し訳ありません。全力をつくして捜しますので」

小幡は平謝りに謝っている。

「まあまあ、お父さん。先生も悪気があったわけじゃないんだから」

年配の猿渡署員が取りなすように言った。

「悪気の有る無しは関係ない。こっちは大事な娘がいなくなったんだ！　だいたいあんたらも、もっとしっかり捜してくれよ！　俺たちが払った税金で働いてんだろ」

心配がそのまま苛立《いらだ》ちになっているのだろう。下田は猿渡署員にも当たり散らす。

「ちょっと、そんな言い方はないでしょう」

猿渡署員は憮然《ぶぜん》とする。

「やめて！」

と、叫んだのは友里だった。夫を諫《いさ》めようとする。

「みなさん杏奈のことを心配して捜してくれてるんだから、そんなふうに怒らないで」

「いや、しかし……」

「お願い。お願いします。私、いたたまれない」

友里は涙ぐみ声を震わせた。

「……わかった」

下田はばつが悪そうに頷くと、小幡と猿渡署員を一瞥《いちべつ》し友里と共にその場を離れた。謝罪の言葉はなかった。ぴりぴりとした空気だけが残された。

あの人は教師を責めているけれど……。

下田夫妻の後ろ姿と、猿渡署員に慰められている小幡の姿を見比べ、菜穂子は決断した。

やっぱり、指摘しよう――。

6

午後の捜索では、菜穂子は課長に差配してもらい、下田夫妻と同じ班に入れてもらうことにした。

捜索再開からしばらく、菜穂子は注意深く、夫妻の様子を覗《うかが》った。二人とも山狩りの経験などないだろうに、何も見逃すまいと真剣に捜している様子が見て取れた。

二時間ほどが過ぎた頃だろうか。

下田夫妻が互いに少し離れたところを持ち場にするタイミングがあった。

今だと思い、菜穂子は、杏奈ちゃんの母、友里の方に近づいてゆく。

「あの、ご苦労様です」

声をかけると、友里は少し驚いた様子だった。

「あ、えっと、あの警察の偉い方ですよね」

菜穂子は苦笑する。

「全然、偉くないですよ」

「え、あ、その……」

友里は戸惑っているようだ。

菜穂子はできるだけ優しい表情をつくり、友里に微笑《ほほえ》みかけた。

「ごめんなさい、急に話しかけてしまって」

「い、いえ、こちらこそ、うちの子のために、申し訳ありません」

友里は恐縮する。

「そんな、あなたが謝ることじゃありません。市民のみなさんのために汗を搔くのが私たちの仕事です」

「は、はい。ありがとうございます」

「お子さんのこと、心配ですよね」

「はい。本当に……。もしどこかに隠れているなら出てきて欲しいです」

友里は表情を曇らせて頷いた。

この母親が娘のことを心配しているのは真実だろう。が、彼女は余計なひと言を口にしていた。

菜穂子にしてみれば、渡りに船だ。聞き逃すわけがない。

「どうしてですか？」

「えっ」

「どうして、どこかに隠れていると思うんですか？」

瞬間、友里の顔が強張った。

やっぱり――。

確信が深まってゆく。

「それは……その、こ、言葉の綾《あや》というか……」

「そうですか。でも隠れるって言葉は少し不自然ですよね。迷子になったわけでも、誰かに連れ去られたわけでもなく、隠れているんだとしたら、杏奈ちゃんは自分の意志でいなくなったことになります」

「え、いや、そ、そんなに深く考えて言ったわけじゃなくて……」

「そうですよね。だからこそ、本音が出た。杏奈ちゃんがいなくなったのは、遠足の終盤。普段の生活圏から遠く離れた場所で一日過ごし、これから帰ろうっていうときです。お母さん、あなたには、杏奈ちゃんが帰りたくないと思うようなことの、心当たりがあるんじゃないですか」

「い、い、いえ、な、な、ない……です」

狼狽《ろうばい》しきった友里の様子は、言葉と裏腹に「ある」と答えたようなものだった。

「いつからですか？」

「えっ」

友里は目をしばたたかせる。

答えが返ってこなくても、菜穂子は構わず問いを重ねた。

「ストレスですか？」

「な、何を言って……」

「前の夫からは、暴力を受けていたんですよね。離婚してそこから逃れられても、心の傷はすぐには癒えないでしょう。女手ひとつで子どもを育てるのも、苦労の連続だったと思います。再婚して経済的に安定したかもしれないけれど、今度は、同居のお義母《かあ》さまが要介護状態になってしまった……。主婦としてずっと家にいるあなたが面倒をみていたんでしょう。本当に大変だったと思います。新しい夫が嫌がるので、大っぴらに煙草を吸えないのもつらかったのかもしれませんね」

「ち、ちょっと、待ってください。私、煙草なんて……」

「吸いますよね？　でないとおかしいんです」

「本当に、あ、あ、あなた、な、な、何を言ってるんですか……」

友里の口元はわなわなと震えていた。

「あなたが、杏奈ちゃんに暴力を振るっていた理由です」

はっきりと言った。

友里は大きく息を飲み込み、絶句した。

「振るっていましたよね？」

「ぼ、ぼ、暴力だなんて……そ、そんな……こと……私は……」

「望んでやっていたことじゃないのはわかっています。あなたは母親として、杏奈ちゃんのことを愛していた。けれど同時にこの子がいなければと思ってしまうこともあったんじゃないですか。いや、そんな理屈さえなく、衝動的に手を上げてしまったこともあったんじゃないですか」

菜穂子には友里の内面まではわからない。子どもを虐待してしまう親の、ごく一般的な心理から類推できることを口にした。

友里は顔を真っ青にして口を何度もぱくぱくさせる。

どうやら的を射ていたようだ。菜穂子は続ける。

「お母さん、いや、友里さん。もしあなたが、杏奈ちゃんに暴力を振るっていたとしても、私はそれを責めたいわけじゃありません。助けたいんです」

「……たす、ける？」

「そうです。過ちは償えます。あなたは、紛れもなく杏奈ちゃんの母親です。やり直すことなんていくらでもできる。杏奈ちゃんが無事に見つかればこそです。ただし、それも、捜索を円滑に進めるためにも正確な情報は、必要です。捜査員に話していないことがあるなら、正直に話してください」

「ああ……」

つうっと、一筋、友里の頰《ほお》に涙が伝った。

それが呼び水になったのか、次の瞬間、友里の両目からは堰《せき》を切ったように大粒の涙がこぼれ始めた。

「ご、ごめんなさい。わ、私……、私……杏奈のことを……」

友里は号泣し、その場に崩れ落ちた。

近くを捜索していた巡査や猿渡署員、それに友里の夫、正孝らが異変に気づいて、こちらに駆け寄ってきた。

7

「いやあ、さすがです。松永警視正の洞察力には脱帽いたしました」

「まったくです。我々もあの母親とは、これまで何度も顔を合わせていたのにまるで気づきもしませんでした」

猿渡署の応接室。朝、来たときと同じように向かいに座る署長と課長が声を揃えた。

「なあ、そう思うだろ」

課長が菜穂子の傍らに立つ案内役の巡査に同意を求めた。

「はい。正直言って、驚きました」

巡査は大きく頷いた。

実は娘に暴力を振るっていた――という、友里の告白により、山狩りは予定より早く終了することになった。

下田夫妻について、猿渡署で改めて聞き取りが行われたが、真相はほぼ菜穂子が睨《にら》んだとおりだった。

離婚と再婚、育児、義母の介護、さまざまなストレスが重なり、友里は杏奈ちゃんを虐待してしまっていた。つねったり、叩いたりを繰り返し、時に煙草の火を背中に押しつけたこともあるそうだ。

夫の正孝含め、周囲に気づいている者はまったくいなかったようだ。

現場でも、泣きじゃくりながら虐待の事実を打ち明ける妻を前に、夫はただ呆然《ぼうぜん》とするばかりだった。

菜穂子はやや大げさに肩をすくめた。

「たまたまです。あのお母さんの様子に違和感を覚えたので、カマをかけてみたんです。むしろ、余計なことをしてしまっていたら申し訳ないです」

「いえいえ、とんでもない。警視正のおかげで重要な背景が明らかになりました」

「こうなると、母親の虐待が失踪の原因という線が濃くなりましたな」

杏奈ちゃんは、迷子になったわけでも、誰かに連れ去られたわけでもなく、自分の意志でいなくなった。母親の虐待から逃れるために。家に帰りたくないから。遠足がずっと終わらなければいいと思ったのではないだろうか。いわば、逃げたのだ。

もちろん、断定するだけの証拠はないが、有力な可能性だ。

「あの母親がどこかに隠している、なんてことは……」

署長が眉をひそめる。

菜穂子はかぶりを振った。

「それは考えにくいと思います。いなくなったのは遠足の途中ですから」

「ああ、そうですよね」

友里が失踪に関わっているわけではないだろう。虐待の事実は、あの母娘のプライベートな事情だ。もちろん、子どもに暴力を振るうことが許されるわけではないが、杏奈ちゃんが見つかっていないこのタイミングで暴くべきことだったかは、正直わからない。

母親が虐待している可能性が高いと気づいたときも、そのことには触らず捜索にだけ集中しようと思っていたのだが……。

「これで、ますます警視正の名声が高まりますな」

署長が露骨なおべんちゃらを口にした。

こういうところも品がないのよね――。

「いえ、そんなことないですよ。大したこともしてませんし」

内心、辟易《へきえき》しつつ謙遜《けんそん》した。

が、この署長が言ったことはおそらく事実だ。

虐待の件は、当面、マスコミには伏せられる。仮にどこかからか、情報を摑《つか》んだとしても肝心の杏奈ちゃんが見つかっていない状況で軽々には報じられない。地元紙には山狩りの記事が出たとしても、当たり障りのないものになるはずだ。

その一方で警察内部では、たまたま一日だけ訪れた菜穂子が、所轄署が気づかなかった虐待の事実を見抜いたという、噂が駆け巡るだろう。

もちろん、事件の解決に寄与したわけではないので、はっきりとした功績にはならない。だが、こうした小さな評判の積み重ねが大事なのだ。まさに名声であり、それが結果として菜穂子を今の地位まで押し上げてくれた。この件も次の階段を上るためのステップになることだろう。

「あの、ひとつ、お尋ねしてもよろしいですか」

背後で巡査が口を開いた。

「どうしたの」

菜穂子は振り向いた。

「先ほど、母親の様子に違和感を覚え、虐待に気づいたと仰《おっしゃ》いましたが、具体的にどのような違和感だったんでしょうか。よかったら後学のために教えていただけないでしょうか」

なるほど。

こういうことを質問して、学び取ろうとする姿勢には好感が持てる。ただ、これは説明が難しい。

「そうね。具体的に教えることができればいいんだけど、経験による部分も大きいから」

「経験、ですか」

「うん。実はね私も昔、同じことを考えたことがあったの」

菜穂子が言うと、巡査だけでなく、署長と課長も「え」と声をあげた。

「私も、小さな頃、母親から暴力……というか、虐待を受けていたの」

「そ、そうだったんですか……」

「あ、そんなに深刻なものではなかったから、気にしないで。私は健康に成長して、無事、大人になったしね。でも子ども心にはつらくてね。私も遠足のときに家に帰らないで逃げてしまいたいって思ったことあったの」

菜穂子の母は家庭に縛り付けられて心を病んだ人だった。菜穂子が中学生くらいまで成長すると、暴力は振るわなくなったが、寝室に閉じこもるようになってしまった。父は世《せ》間体《けんてい》を気にしてか、そんな母と別れることはなく、然《さ》りとて、適切な治療を受けさせることもなく、放置し続けた。そして、菜穂子が大学生になる頃、母は自殺してしまった。

菜穂子が仕事で結果を出すことにこだわるのは、あの母のようになりたくないからかもしれない。

「それでね、子どもに暴力を振るう大人はなんとなく雰囲気でわかるのよ」

「なるほど」

「ごめんなさい。上手く説明することができなくて」

「いえ、参考になります。ありがとうございます」

巡査は深々と頭を下げた。

8

署長と課長に「せっかくですので、今日の打ち上げがてらに……」と、夕食に誘われたが、本部の仕事が残っていると嘘を吐《つ》いて断った。

悪いが、あの二人とご飯を食べたいとは思わない。

署の駐車場で車に乗ろうとすると、案内役の巡査が走ってきた。

「署長が、せめてお土産を持って行ってもらえと、これを」と、巡査は紙袋を差し出した。

菓子折のようだ。

何とも無用な気遣いである。

つい、顔をしかめてしまうと、巡査は恐縮した様子で言った。

「市内で一番と言われている和菓子屋の詰め合わせです……あの、受け取っていただけるとありがたいのですが」

断ると、この巡査が怒られるのかもしれない。

まあ、もらって困るものでもない。

「ありがとう」

笑顔を浮かべて、菜穂子は紙袋を受け取り、車に乗った。


それから……。

それから、菜穂子はまっすぐ自宅には戻らず、県の南に向かい、愛車のハイブリッドカーを走らせた。

ゆっくりと時間を掛けて。安全運転で。

県内の地図はほとんど頭に入っている。

行き先は、ちょうど猿渡市の反対側にあたる県の南端、兎崎《とざき》村だ。かつては林業で栄えたそうだが、バブル崩壊後に業者がのきなみ撤退、住民も減り、現在は村と言うよりも集落と言った方が正確な過疎地となっている。事件事故ともにほとんど発生せず、駐在所が一つあるだけ。警察からしてみれば、空白地に近い。

現在はもう使われていない森林作業道路を通り、村外れの森の中へ入ってゆく。こんな時間のこんな場所には、他に通りかかる車もなければ人もない。

菜穂子は森の中程で車を停めた。

エンジンを切り、カーラジオをオーディオに切り替えて、朝、シャワーを浴びるときに聴くのと同じプレイリストを再生する。シートに身を埋《うず》め目を閉じ、しばらく曲を聴く。海の向こうで困難に打ち勝ち、成功をつかみ取った女たちの声が菜穂子を励ましてくれる。

大丈夫、落ちつけ。何も問題はない。

よし、やろう――。

菜穂子は懐中電灯を手に車から降りた。

と、そのときだ。

音がした。車の走行音だ。

え――？

振り向くと、道の向こうにヘッドライトの光が見えた。車はかなりのスピードで走って来ているようで、みるみる近づいてくる。やがて菜穂子のハイブリッドカーのすぐ後ろで停まった。白い軽自動車のようだった。

ヘッドライトを点《つ》けっぱなしにしたまま軽自動車のドアが開いた。中から降りてきた人が照らされる。

　見覚えのある人物だった。

　ついさっきまで猿渡署で一緒だった、案内役の巡査だ。

「松永警視正、お疲れさまです」

　屈託のない声で彼女は言った。

「あ、あなた、どうして……」

「松永警視正、さすがですね。ここまできれいにNシステムを避けてきましたよね。全部頭に入っているんですね」

「つ、尾けてきたの……？」

　絞り出すように尋ねた。

　後続車がないことは、ずっと確認しながら車を走らせてきたはずなのに。

　巡査は悪戯《いたずら》っぽい笑みを浮かべる。

「尾けたわけじゃないんですよ。ただ、さっきお渡しした、お土産の箱に、間違って署の公用スマホが紛れちゃったみたいで。追跡したんです」

　警察署の公用スマートフォンは、ＧＰＳにより位置を特定できるようになっている。

　しかしそんなものが、菓子折の中に間違って紛れ込むわけがない。菜穂子がどこに行くか確かめるために、仕込んだとしか思えない。

どういうこと？　何が起きてるの？

「警視正、どうしてですか？　どうして、あの母親の虐待を暴くなんて余計なことをしたんですか」

巡査が尋ねる。

いきなり、そんなことを訊かれても、とっさに答えることはできなかった。

頭が追いつかない。

呆然とする菜穂子に、巡査は言った。

「何も知らない父親が教師を責めているのを見て釈然としなかったんですか？　それとも、所轄が気づかなかった事実を見破ることで、自分の名声をより高めたかったんですか？　あんなことさえしなければ、たぶん私も気づかなかったのに……」

気づく？　一体、この巡査が何を気づいたというのか。

「ね、ねえ、あなた、何を……」

尋ねようとした菜穂子を遮《さえぎ》るように、巡査は口を開いた。

「私、杏奈ちゃんに会ったこともないはずの警視正が、どうしてあの母親の暴力に気づけたのか不思議でならなかったんです。あなたは自分も虐待された経験があったからわかったと言いましたよね。もっともらしい気もするけど、それって勘と変わりませんよね？本当にそういう経験をしていたからって、被害者に会ったこともないのに、虐待の存在を見抜くなんて超能力ですよ。あり得ません。あなたは、W県で女性初の警視正になるくらい優秀な人です。そのあなたが疑いを口にする以上、もっと確実な根拠を持っているはずなんです。どこかで杏奈ちゃんに会っていて、本人から直接、母親から虐待されていることを聞いていたとか、あるいは言葉で聞いていなくても、虐待による傷痕のある杏奈ちゃんの身体をどこかで見ていたとか……」

巡査は一度言葉を切り、菜穂子の様子を窺《うかが》うようにじっと見つめてきた。

菜穂子は息を呑んだ。

背中から汗が噴き出るのを感じた。

巡査は見透かすように頷くと、再び口を開いた。

「母親は杏奈ちゃんの背中に煙草の火を押しつけたこともあると話していました。当然、その火傷《やけど》の痕は残っていると思われます。もし警視正が、それをどこかで見ていたら？まだ小学生の杏奈ちゃんの背中に煙草の火を押しつけられるのは、ごく近しい大人だけですが、実父は東京におり、同居の祖母は半寝たきり、そして父親は煙草嫌いです。消去法で、母親に虐待されているとわかります。それなら納得できるんです」

いつの間にか、心臓が早鐘を打っている。

まさか、この巡査は……。

頭の片隅にいる、辛うじて冷静さを保っている自分が、先ほど、自分が問い詰めていた友里もこんな気分を味わったのだろうかと考えていた。

「それで、私、思い出したんです。警視正が今朝、署の駐車場で車から降りたとき、パンツの裾が足に張り付くくらい濡れていましたよね？　考えてみたら、あれって途中、雨が降っていたとき雨合羽を着て一度車を降りていたってことですよね？　それって何かトラブルがあったってことじゃないですか？　たとえば、交通事故……。そしてW市方面から来たってことは、警視正は杏奈ちゃんの水筒が見つかった、あの山林のあたりを通って来ているってことですよね？　私的には疑うのに十分な根拠が積み重なりました。だから、確かめたんです」

巡査はおもむろに菜穂子のハイブリッドカーに近づき、トランクを指さした。

「ここに何が入っているんですか？　こんなところまできて、あなたは何をしようとしているんですか？　このあたりは滅多に人は来ないし、たしか森の奥には沼がありますよね。そこに、ここに入っているものを捨てようとでも思ったんですか？」

身体が震え出す。

「あ、ああ」

口から、うめき声が漏れた。

この巡査には、全部バレてしまっているようだ。

そう。

今朝、猿渡に向かう最中、菜穂子は事故を起こしてしまった。決して、危険な運転をしていたわけではない。急いではいたけれど、法定速度をきっちりと守っていた。が、ほとんど視界が利かないほどの大雨の早朝、あの山道に人が歩いているなどとは思わなかった。

車の前を何かが横切ろうとしている――と、気づいた直後、ドン、という音がして、車越しにも衝撃を感じた。

動物？

一瞬、そう思った。が、運転席の窓ガラスの向こう、斜め前方に小さな人影が横たわっているのが見えた。

菜穂子は車を降りた。動揺しつつも雨合羽を羽織ったのは、このときすでに頭のどこかで、全身びしょ濡れで猿渡署に到着したら、確実に何かあったと思われると考えていたからだ。

道に横たわるのは、小さな女の子だった。何故、こんな子が、こんな時間に、こんなところで……。

もしあと一日、遅ければ、自動ブレーキの搭載された新車に買い換えていて、こんな事故、起こさなかったかもしれないのに……。

事故を起こした場所は、猿渡市に入ってすぐ。のちほど山狩りする予定の山林のはずれだった。

はたと思い至った。

もしかしてこの子が、今日捜索する予定の下田杏奈ちゃんではないのか。

ともあれ、菜穂子は女の子に駆け寄り様子を窺った。息をしていない。首筋と胸に手を当ててみたが、鼓動を感じなかった。

死んでいる——。

一瞬、目の前が真っ暗になりかけたが、幸いだったのは、道にも車にも、ほとんど痕跡らしい痕跡がなかったことだ。あったとしてもこの大雨が洗い流してくれるだろう。倒れた女の子の身体を改めて確認したが、出血もしていないようだった。

なかったことにしてしまおう——そう決断するのに、時間はかからなかった。

そのためには、唯一にして最大の証拠であるこの死体を何とかしなければならない。が、慌ててその辺に捨てるのは危険だ。菜穂子はとりあえず、自分の車のトランクに隠すことにした。県警幹部の車の中を漁《あさ》る者は、まずいないだろう。

死体をトランクに運ぶとき、女の子が着ていたトレーナーがめくれてしまい、背中が露《あら》わになった。そこには小さく丸い火傷《やけど》の痕らしきものがいくつもあった。このとき菜穂子は、この女の子が日常的に誰かから虐待を受けていたことを察したのだ。

「じ、事故だったのよ」

菜穂子は声を絞り出す。

「でしょうね。あの雨じゃ無理もないと思います。でも、それをこんなかたちで隠したら死体遺棄。犯罪ですよね」

巡査の声は冷たかった。

「し、しょうがないじゃない」

「何が、しょうがないんですか?」

「だって、こんなことで、私のキャリアがふいになるなんて、そんなこと絶対あってはならないことだもの」

菜穂子は本音を絞り出した。

巡査の声はますます冷たくなる。

「小さな女の子の命が『こんなこと』ですか?　罪もない市民を守るのが私たちの仕事じ

ゃないんですか？」

「あの子は気の毒だと思うわよ。でも、私だって殺したくて殺したわけじゃない。事故だったの。私が正直に名乗り出たところで、別に生き返るわけじゃない。ねえ、あなたもわかるでしょ。私はW県警初の女性警視正よ。やっとのことで、ここまで来たの。これからやらなきゃならないことだって、まだまだたくさんあるの。私が道をつくっているの。それは、あなたのためでもあるのよ」

「……そうですね。私も含め、W県警配下の全女性警察官が、あなたならきっと県警を改革してくれると期待していると思います。いや、警官だけじゃなく県日の水元さんみたいに、警察外部にも期待してる人はたくさんいるでしょうね」

「そ、そう。そうなのよ。だから……」

「だから、見逃せってことですか？」

巡査は、先回りして尋ねる。

菜穂子はゆっくりと頷いた。

「そ、そうよ」

巡査の口元に不敵な笑みが浮かんだ。

「警視正、私ね、別に人を殺しちゃいけないとは思わないんですよ。この世には、やむを得ない殺人もある。そう、たとえば、その相手が信じていた人を裏切るようなクズだった場合とか。私の父みたいに……」

え、父？

菜穂子は思わず顔をしかめた。

この巡査――去年まで鳴見《なるみ》署の地域課で交番勤務していた熊倉清《せい》――の父親と言えば、熊倉哲警部だ。暴力団と癒着し、良心の呵責《かしゃく》から自ら命を絶った、はずの。

熊倉清はくすくす笑う。

「父は、自殺じゃないですよ。私が処分したんです。松永警視正、父はね、あなたが思っているよりもっと酷くて邪悪な警察官でした。ただ暴力団とつながっていただけじゃなくて、少女買春もしていたし、良心の呵責も感じてませんでした。あなたが見つけた遺書は、私が書いたんです。あれを見つけたときはまだ警視でしたよね」

「あ、あなた、何を言って……」

「警視正、ここまでくるの本当に大変でしたよね。あなたには志があったはずです。でも、組織の中で偉くなるには、清濁併《せいだくあわ》せ呑まなければならなかった。父の自殺と不祥事を隠蔽したときも、内心、忸怩《じくじ》たる思いがあったんじゃないですか。まあ、あれは私の期待通りでしたけど。他にもたくさん泥水を啜《すす》ってきたと思います。警視正のそういうところ、尊敬します。でも、やっていいことと、やってはいけないことがある。これはアウトですよ。昔、父も言ってました。警官の本分は、善良なる市民を守ることだって。罪もない女の子を犠牲にして、あまつさえその事実を隠すなんていうのは、私の中では完全にアウトです」

「え、い、いや、ほ、本当に、あなた、何を言ってるの」

熊倉警部を殺した？　それに、アウトだのなんだのと、何を勝手にジャッジしてるの？

しかし熊倉清は問いに答えず、にっこりと笑みを浮かべた。

「自分から、こんな人目に付かないところに来てくれて、私としては手間が省けました」

本当に、わけがわからなかった。

一体何の手間が省けたのか。

混乱する菜穂子をよそに熊倉清は続ける。

「大丈夫ですよ、警視正。あなたはまだまだやるべきことがたくさんあると思っているかもしれない。これから県警を改革しなければならないと思っているかもしれない。でも、心配しないでください。一度進んだ時計の針は逆には戻りません。もしあなたがいなくなっても、いずれ改革は進みます。時間はかかるかもしれないけれど、W県警でも女性の地位はもっと向上します。この流れは決して止まりません。だって時代の必然だから。あなたが切り拓いた道を、たくさんの女性警察官が歩いて行きます。私も含めてね。そしてあなたがやらなくても、他の誰かがまた新しい道を切り拓いていきます。そういうものなんですよ。だから、安心してお休みください。きっとあなたのことは、〝女性警察官の鑑〟として、長く語り継がれることになると思いますよ。私の父みたいにね」

そう言って、熊倉清はゆっくりと、右手を振り上げた。長細い棒のような物が握られていた。

スチール製の特殊警棒だ。

二人の他に誰もない夜の闇の中、それは車のライトに照らされて鈍く冷たく光っていた。